旅の軌跡

この道

連なる石垣

(67ページ「『この道』とは」より)

朝比奈（朝夷奈）切通

鶴岡八幡宮　今宮（新宮）

（77ページ「鎌倉七口を往く」より）

化粧坂《けわいざか》（気和飛坂）上り口

名越（難越）切通

正面が男山

男山より京都盆地遠望

（144ページ「男山」より）

旅する町医者

まだまだ修学旅行〟篇

秋元直人
AKIMOTO Naoto

文芸社

目次

PRELUDE TO A KISS「東の関宿」

雑誌に目を通していて、竹村公太郎氏の「徳川家康が生んだ関東平野」という一文に目がとまった。氏は、国土交通省の河川局長までつとめられた方のようであるが、

度し難い不毛の関東

一六〇〇年、徳川家康は関ケ原の戦いで西軍に勝った。その家康は一六〇三年に征夷大将軍の称号を受けると、さっさと江戸に帰ってしまった。

なぜ、家康は箱根を越え、東の不毛の地、江戸に帰ってしまったのか？　さらに氏は、

関東の鬼門、関宿

利根川から銚子へ

といったタイトルをつけ、文を展開されておられる。

関宿のある下総台地の付近で利根川と渡良瀬川が大きく流路を南に変え、江戸湾に流れ込んでいたこと。この台地だけが、湿地帯の関東で乾いた台地であったことを、当方は知った。


恥ずかしながら、当方「関宿」という地名に全く覚えがなかった。そもそも関東平野の「あのへん」というのは馴染みが薄く、やたら平べったく、川やら沼が多く、町の名前をよく聞いていても、そもそもほかの町との位置関係も、地図上どっちが「上」で、どっちが「下」なのかもよくわかっていない。だいたい、目隠しをされ車で連れ去られ、あのあたりで、突然車から落とされでもしたら、方角が全くわからないのではないか、もし、その場から筑波山が確認できたら、なんとか右とか左ぐらいの判別はつくかもしれないが。

医局時代の同僚に我孫子出身の方がいて、彼はよく、「チバラギですよ、チバラギ」と決して自慢しているとは思えない口調で話していたことを思い出す。

この小文を読んで下さる方に、あのあたり出身、在住の方はおられないだろうから何を書いても怖くはない（万が一、おられたら、すぐに小文を訂正すればいいだけのこと、ドンマイ）。当方、チバラギどころか、トチギ、サイタマの県境の地名だって把握していない。

この機会に、当方の中の暗黒地域を探検する試みは必要であろう。

思い出した。当方の部屋のどこかに『利根川図志』の文庫がまだ捨てられず残っていたはずだ。探した。見つけた、いたいた。すっかり赤茶けていたが、よかったね。ついに陽の目を見ることができたのだよ。手元の文庫は、昭和四十八年の第六刷。はじめて気がついたが、柳田國男が「解題」と称して紹介の前文を書いていた。

図志の著者は下総布川の赤松宗旦。

当方の眼は、活字の小ささと、時間による紙の焦げに追いつけなくなっており、必要そうなページを拡大コピーして読みはじめる。老いる寂しさよ。だが図志の絵を見ても地名を見ても土地勘がないので、よくわからない。

図書館で『流域をたどる歴史』という昭和五十三年刊の本に目を通すが、まだ当方のアタマは霧の中にある。具体的なイメージが掴めない。

やむを得ない。パンデミックが拡大している最中ではあるが、ある程度の現地調査が必要であろう。

あの地域が、鉄道だと、ＪＲと東武鉄道の勢力範囲にある、という認識はあった。だが交通の連絡もよくわかっていないし、降りたっても筑波山以外のランドマークは多分期待できない。遭難する可能性も皆無ではない。

当方の旅は、すべて一発勝負、出たとこまかせである。場合によっては一泊してもよいとも考えたが、あまり深入りせず「視察」程度と、今回はする。

はじめっから緑色の地下鉄一本で移動すればよかったのに迷いが生じ、銀色の地下鉄に乗り換えたが、結局は北千住から東武のスカイツリー線で春日部に向かう。

休日ではあったが、ひとつの車両の乗りあわせは十人前後。やはりステイホームしているのか？

春日部で、アーバンパーク線というのに乗り換え野田市方面へ向かう。カタカナ路線、名付けた人の顔を見たいもの。はいはいとてもおしゃれな名前ですよ。

なぜ「野田市駅」を目指したかというと、前述の『流域をたどる歴史』に、関宿へは、野田市駅からバスで三十分程度、という記述があったためであるが、駅前にそんな目的地行きのバス停が見当たらず、近くのバス営業所に入って尋ねると、関宿へは、ここではなく川間駅まで戻ってくれ、とのこと。

現在までの間にすこしずつバス路線も変化していたようだ。やはり下見に来て良かった。

野田市のランドマークの醤油博物館は、すでに自粛して閉館していた。通りちょうど昼どきだが、開いている店も少なく、交番の隣の中華料理店に入る。通りの人影は少なかったのに、店内には十人ぐらいの団体の客が入っていて盛況のよう。当方好みの昭和の色濃い店内レイアウト、大将と女将のきりもりする店。場所柄、地元企業に敬意を表したラーメンと、（野田で一番という）ギョーザを注文した。

これから、今まで以上に自粛を強く促されることになりそうな予感がある。

さあこのあと、旅は本格的に再開できるのだろうか。

追記

何がPRELUDE TO A KISSなのか、といぶかられると思う。もっともである。このタイトル曲は、デューク・エリントンの代表作のひとつで、なんともねっとりしたメロディラインを有する曲である。

ソニー・スティットは、周知のように業界で一番たくさんのＬＰのアルバムを出している一人である。スティット名義で百枚以上、オールスターズなどで参加しているものもそのぐらいあるとされる。コルトレーンやマイルスなどだと完全なディスコグラフィーができているが、スティットの完全なディスコグラフィーはないと思う。アルトもテナーも一番上のクラスの腕っこきのサックス奏者だが、必ず「チャーリー・パーカーの影響を受けて」という枕言葉のあとに紹介される（まあ、そうではないとも言えないのでもあるが）。

エリントン・トリビュートもののアルバムとして、ストリングスを伴ったスティットの演奏が一九七八年ハリウッドで録音されている。編曲と指揮は名手、ビル・フィネガン。事情があって今回お見せできないのだが、当方がみつけたのはその再発盤ＣＤのジャケットの絵である。これは当方の想像だが、西海岸の海辺で、左側に立つ水着の白人の男の子の右手が空に飛び立とうとする白人の女の子の右手と結ばれている、ボーイミーツガールに託されたあの頃のアメリカンドリーム、将来素晴らしいことが待ちうけていると思わせるような甘美な夢のような絵である。

こんなことがかつては何の疑いもたずにときめきを伴った夢として信じられた。だけれど、これから、何の制約もなしに行ってみたいところを訪ね、思い出をつくるといったそんな夢が再び見られる時代が訪れることがあるのだろうか、とりわけひからびはじめたをぢさまにとっては、二度と果たせないことを、幻として憧れるような思いが強い。

スティットは、日本のファンに演奏を聴いてもらいたいと、病身をおして来日し、北海道のツアーの途中で力尽きたことは、よく知られている。一九八二年六月に録音された「The Last Sessions」の記録とそのあとの最後のスティットの行動と、このアルバムのジャケットの絵のイメージとが全く結びつかないことが、当方には時代の変遷と個人の生と死の無常性を感じ、強い印象になって、残ってしまう。

自分で書いておいて無責任ではあるが、こうした「飛んだ」タイトルをつけて、あとでうまく着地できるのか自信がない。でも、また素晴らしいことが、この先におこってほしいという願いも捨て切れないでいる。旅することで何かその願いにつなげられるものを見つけたい。

さらに追記

腕のあるミュージシャンのwith stringsというのは、もうたまらなく心の緊張をほぐしてくれる。当方の今の時点のお気にいりは、このスティットのものと、同じサックスのスパイク・ロビンソン、そしてトランペットのファブリッツィオ・ボッソのもの。そうだ、スタン・ゲッツの「クール・ヴェルヴェット」も、忘れてはいけない。当方の宝の一部である。弱った気力に励ましを与えてくれる。聞いてみて下さい。

また追記

「東の関宿」と記したが、西にも「関宿」はあるらしい。どういうところだろう。

「GO TO 柿生」

原武史氏（※人物紹介は文末に）の「歴史のダイヤグラム」という連載に目を通していたら、昭和十六年（一九四一年）、当時の宮内大臣松平恒雄が、隠密に柿生駅で下車して、「柿生離宮」（実際には現在の町田市側のようだが）計画の視察に訪れていたようだというエピソードを書いていた。

それとは別のことだが、柳田國男は、昭和十九年（一九四四年）頃、柿生駅で下車してよく多摩丘陵を散歩することがあったと紹介して、

例えば昭和十九年（一九四四年）二月十六日には、柿生駅から稲城村の杉山神社や天満神社に立ち寄りながら、南武鉄道の稲城長沼駅まで歩いている。柳田は当時六八歳だったが、「二里を超ゆる」起伏に富んだ道を歩き通したのだ。

と、原氏は続けている。

柳田國男は、少年期、下総の利根川のほとり、布川に住んだことがあり、その経験が、戦後の集大成、『海上の道』へつながるとされている。また同じ昭和十九年十一月に『先祖の話』の執筆にとりかかったとされている。

この紹介文を読んでいて、当方にはひっかかることがあった。柳田の当時の年齢のことである。その数字は、当方にとって、not yet, but soon coming.であり、挑戦欲が湧いてきた。

まだ覚えておられるだろうが、長い間全く青空が見えない日々が続き、新型ウイルス感染症禍で先が見えない「空気」が国中を覆い、当方とて何とも鬱屈した心境にあった。そんなある日、明日だけは雨が降らないだろうという天気予報が告げられた。

翌朝、当方にとって近くて遠い未踏の地、柿生に下車した。もっとも、厳密に言うとこの十年以内に（日時は覚えていない）、営業の仕事があって下車して、二十分くらい駅前にいたことがあったが周辺はすでに薄暗くて、何も覚えていない。

今回、携えてきたのは、「麻生区案内図」のみである。

地図を頼りに天神橋を右折、柿生小学校のそばの川沿いに歩を進める。数十メートルも歩くと緑が多くなってきた。中央橋の欄干に、大きく、「片平川・麻生スポーツ健康ロード」の標示がかけられている。この川沿いに行けば間違いないだろうと、ひと安堵する。

ジョギングの人がマスクを着けたまま走っている。川沿いで多少風もあり、すれ違うのも当方ぐらいなのにねえ。「自粛警察」の監視の目を警戒されておられるのだろうか？　おおやだやだ（当方は着用して歩いております）。

片平七丁目のところから、護岸工事が行われているので、この道の通過ができなくなっていた。右折してバスの走る通りに出る。この時刻になると、久しぶりに青空が顔を出しはじめてくる。

道の先に「野天湯元」なる建物が目に入る。気持ちよさそうで、ひと湯つかりたいが、それをすると、そのあとの計画は破綻しそう。通り過ぎる。先ほどの片平川の左手奥の丘の領地のほうが、「柿生離宮候補地」の側面にあたるのだろうかなどと、あれこれ考えながらバス通りに沿って歩く。

出発から六十分経った先の高まったところに、ダイソーの建物が見えてくる。平成、令和の時代のひとつの象徴のような店舗だなと思いにふけりながら、さらに先の山を切り拓いた道沿いに「黒川配水池」の標示。あれえ？　さらにすこし先まで行くと、小田急多摩線と思われる高架が見えてくる。

曲がるところを間違えて行きすぎたのだと気づき、小田急の線路を探しながら右後方へ戻り、栗木台の住宅地沿いに、なんとか栗平の駅と駅前商店街を見つける。

もう近頃は「里程」という言葉を用いることは、ほぼなくなったが、柳田は柿生からこのへんまでで一里と考えたのではないかと思う。

たまたま偶然かもしれないが、ひとつの里《さと》と次の里との間の距離として考えるなら「一里、二里」というのも、使い勝手のよい距離の指標だったのかもしれない。

出発から百分、昼食にはまだすこし早いのだが、すこし歩き疲れ、線路沿いに洋食屋を見つけ、ひと休みすることにする。

店内には当方が一番のりで、窓もこの折柄開け放たれていて気持ちがいい。考えるのが面倒なので、名物というカツカレーを注文する。

運ばれてきたカツカレーを見て、顔が綻ぶ。みなさん、ご経験おありでしょうが都内の駅前などに多いカレーチェーンの店だと、往々にして、コロモばっか厚い（肉が薄い）カツに、トマトのかけらや千切りにしたキャベツなどがお義理で添えられていることが多いのだが、この店のカツはさらっと揚げられ、ライスは体育会系盛り（当方半分ぐらい残してしまった）。添えられたサラダボウルは、別注文で頼んだかのように華やかに盛られている。今どき、野菜の値段が倍以上に上がっているのにうれしいじゃありませんか。それでもってこのお値段！（値段は各自、現地で確認して下さい）。カツカレーは栗平に限る。

会計を済ませたあと、店の人に「杉山神社は次の郵便局の通りをまっすぐ進めばいいの？」と尋ねると、「そうです。あっちのほうも、このあたりより道が立派になって」と答えが返ってくる。

後刻、この返事をもっと重く受けとめておくべきだったと反省することになる。

外は一面の青天、暑くなり、郵便局の通りの先の坂道にさしかかったところを案内図で見ても、目の前にある「ひなた通り」のような道が見当たらない。すこし気も焦ってきていたのだが、まっすぐこの広い通りを上っていっても、そのうちこんもりした神社の森のようなものは見えてくるのだろうと思い、まっすぐ「ひなた通り」を上っていくと、赤い瓦屋根に統一された、戸建て住宅が立ち並ぶ。何の予備知識もないままさらに上っていくと、山のてっぺん付近まで整備され、新しい住宅が立ち並び、自宅の駐車場にＢＭＷなども散見する。だが、森のようなものは確認できない。左手にユニクロの建物が見え、その先は急に視界が広がり、多分多摩市のスカイラインなのだろう、が遠望できる。

住宅は新しく、多分みなさん何十年ものローンを組まれて、希望をもった日々を過ごしておられるのだろうと思うが、こんなてっぺんまで老後歩けるのかなと、年金世代としては考えてしまう。

山のてっぺんから下り道になるが、そもそも休日でもあるためか、人の姿が見えない。そもそも新しすぎて、道端に自動販売機も置かれていない。さらに下っていくと、先のほうに古い集落と森が見えはじめる。

山を下り平地になりかけたところで、やっと男性に出会い、「杉山神社はどっちの方向です?」と尋ねると、「ええー、あなたの来た道をずっと戻り、左へ曲がったほうですよ」と教えられる。「その先に見える森のところが天満神社です」と、教えてもらう。

首都圏の真っ昼間だって遭難する危険はあるのだと、そのときになって気づく。

結局登ってきた山の反対側まで下りて、たまたま出会ったご夫婦に案内され、車線の広い自動車道を、左に大きく曲がり、杉山神社に辿りつく。歩きながらご夫婦は「このへんはすこし前まで山で何もなかったんですけれど」と教えて下さる。何のことはない、神社は稲城の町のまんなか。道路をはさんで反対側はコンビニの大きな駐車場だった。

意地になって参道を上り、参拝して下り、今来た道を戻って、再び天満神社へ向かう。天満神社の手前のごちゃごちゃした路地のような道を抜け、再び高い参道を上り、参拝する。

要するに、この山を陽射しの一番きつい中、二回登って下りたのである。当方の実感としては三里くらい歩いたように思う。

天満神社の参道を下る。さすがに歩く気力が失せ、近くのバス停でバスを待つ。幸運にも十五分ぐらいで京王稲田堤駅行きのバスが来た。

ムカシ、「僕の前に道はない。僕の後ろに道ができる」、そんな内容のものを聞いたことがおありだと思う（高村光太郎の詩だそうである）。あれは青少年を励ます言葉ではなく、デベロッパー関連業界の突撃指示の言葉ではないのだろうか。

柳田が歩いた野山は大きく変容していた。新しく希望をもって入居してきた新「常民」たちは、これからどうやって新しい共同体を作り上げていくのだろうか。それまで保たれていた「土地の記憶」は、絶えていってしまうのだろうか。

ただし、そういう当方とて、この武相地域のnative（原住民）ではなく移民である。地方から東京へと移住し、自分の住居のさらに外縁に、新たな住民が家を作り、縁が失われていくと、嘆く立場にはないのだろう。

社会は東京一極集中を目指し、成長、拡大を続けてきた。そして、人口減少、少子高齢化は、ほかの国々よりも、格段に速く進行している。拡大成長だけでなく、持続可能な開発を自分のこととして考えていくひとつの機会なのかもしれない。

丸はだかにされたあの山の、新住民たちは杉山神社や天満神社など柳田の脳裡にはあったであろうと思われる。いわゆる鎮守の森をひとつの拠点として新しい交流の場として育っていくことはできるのだろうか。帰路、ガラにもなく考えてしまう。

※原　武史

・政治学者

・鉄学博士《はかせ》

・立ち喰い蕎麦研究家

・最近はB級グルメ研究家
・まだ若いのに、すでに名誉教授の肩書きもお持ちである。

原氏に興味があるのは、もちろんその著作を勉強することで当方の頭の活性化を促されるからであるが、偶然、当方の職業上の師匠（師匠というよりは、徒弟制度の中の親方と弟子というほうが感覚としては近い）の令嬢と、大恋愛の末に結ばれた（らしい）ことを知ったからである。夫人も岩波文化人である。

氏のあちこち出没される行動力、脚力にも刺激を受けている。

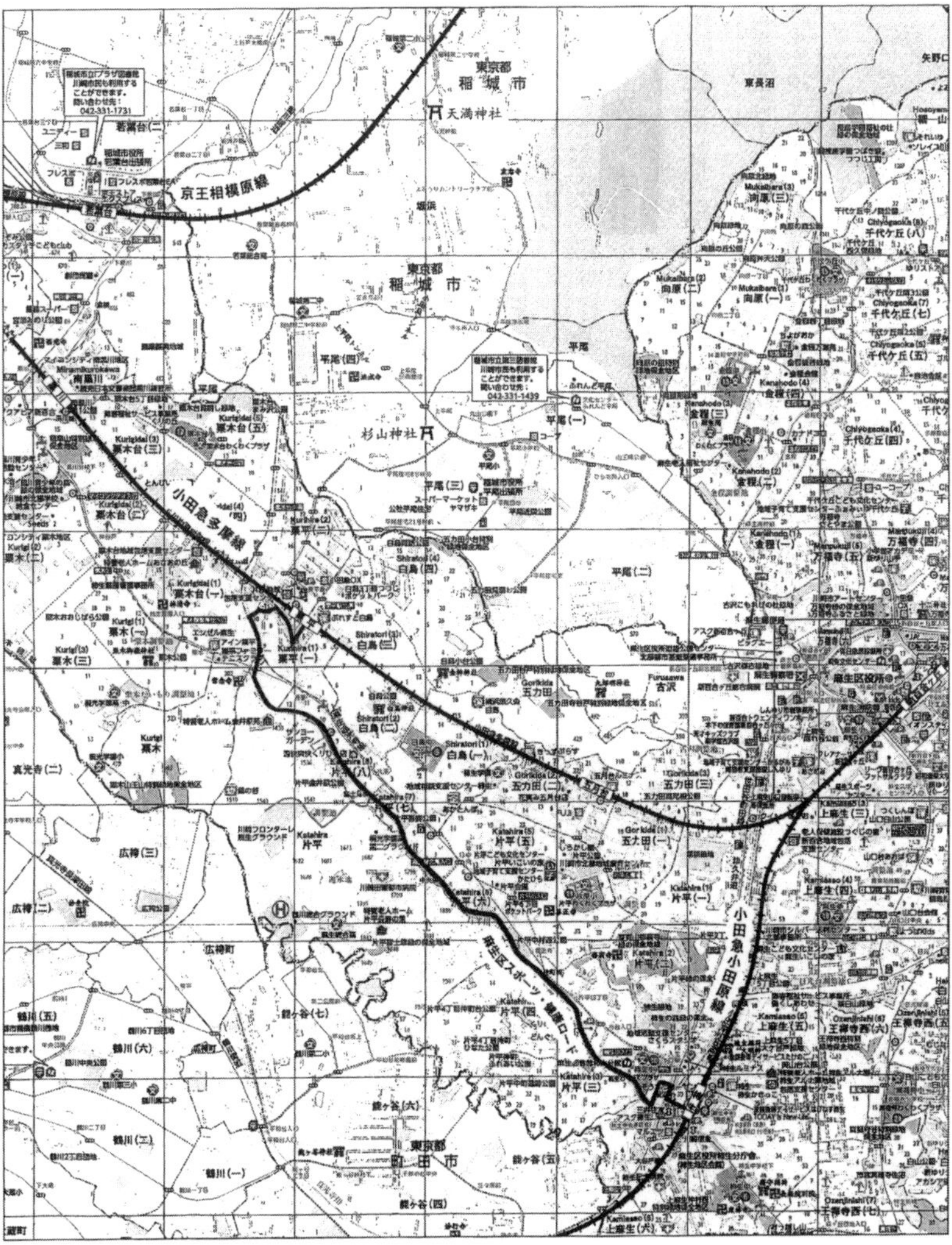

麻生区ガイドマップ2020（川崎市麻生区ホームページより）

関宿、家康の治世

県をまたいでの移動を自粛しましょうという呼びかけが高まっていた頃、性格が曲がっているところのある当方、ならギンザで飲んでそのあとセンター街とカブキチョーで二次会三次会はいいのか、とか、ある地方の県境の自治体から、県境を越えた別の自治体のコンビニに買い物に行くことは許されないのかと、半畳を入れたくなった。この原稿の一度目を書いてから、日々の対応に追われて半年以上経て、読み直してみたら、状況はさらに悪化していた。

だがそれ以上に現地調査の思いがつのり、友人にお願いして車で関宿方面へと向かう。

視野の狭い当方にとって、地名とはたとえばA川がA湾に注ぐ町A市、B川のほとりB市、C山の山ふところのC町といった地理的な特徴と町の名前が結びついて覚えていくことがほとんどであるが、正直言って、古来から、坂東太郎という名前はあるが、世界的な川のランキングからしたらそんな大河でもない。なんとなくボーヨーとした平原やら沼が近くに連なっているというイメージしか持っていない。

しかし自動車っつうのは便利なもんだ（笑うな！）。とくにヒトに運転してもらうと。難なく高速を浦和で降りて、国道四号線を走り川っぷちを道路に沿って下っていくと、さして広くない道路の両側に農家などが並ぶ集落、そこが、安岡章太郎氏が、かつて「何もない」と断言した町、関宿だった。

一軒だけ開いていた、鈴木貫太郎記念館に車を止める。ほかに車は止まっていない。館をのぞいたら、現在一部修復中とのことだが、記念館の筑井正さんが、館内を案内して下さる。当方の少ない知識では、鈴木貫太郎は、昭和天皇が一番信頼されていたという人物である。二・二六事件当時侍従長であったが、反乱部隊に襲われた時、近くにいたタカ夫人の一言で一命をとりとめたこと、昭和二〇年八月、鈴木内閣の下で開催された御前会議によって、ポツダム宣言受諾が決まり、八月十五日を迎えたことなどを滔々と説明して下さった。

後年テレビ取材に応じたタカ夫人の肉声が残されており、ひとことひとこと、冷静にそのときの状況を話しておられるのだが、その話し方を聞いていると背筋の伸びた教養とたしなみ（こういうときに「たしなみ」という言葉は使うのです）を持ったタカ夫人の姿が浮かんでくる。夫婦ともに昭和天皇の信頼を得ていたことがよく理解できる。一度この館を訪ねることをお勧めする。ただし、この館の周辺でほかに興味をひくようなものはない。

館を去り、緑が眩しくなってきた地帯を車で進め、関宿城博物館に至る。駐車場には、そこそこの車が止まっていたが、県内ナンバーのものばかりで、県外ナンバーの車は当方たちの一台だけだった。

関宿城博物館は、かつての関宿城の天守閣を模して再現したものとのこと。企画展「関東のへそ・地勢とくらしのヒストリー」と銘うったチラシが置かれていた。

四階の展望室に上がってみると、案内のとおり、利根川、江戸川の分岐部付近の流れが足下に見え、筑波山、日光連山、富士山などが一望でき、期待していなかっただけに、展望される風景のパノラマに驚いた。

関宿城博物館よりの利根川遠景

社会科の教科書の読み返しのようなものであるが（といっても教科書に、どういう記述が載っているのか、当方確かめてはいない）、勉強し直そう。

利根川は、信濃川に次いで日本第二の長流である。関東平野といっても、一連の平地の連なりではなく、構造上丘陵と洪積台地からなり、丘陵には主に周辺火山からの火山灰が堆積し、いわゆる関東ローム層を形どり、もうひとつ、洪積台地は主に河川の流れによってもたらされた石、砂や泥が堆積している。

利根川は、ふつう渡良瀬川との合流地点の栗橋より上流を上利根、それより下流の小貝川分流点の布佐付近までを中利根、それより下流を下利根と呼ぶ。


そこで徳川家康が出てくるのだが、前に紹介した竹村公太郎氏によると、家康が江戸に入封した頃、江戸の東側の関東平野は大湿地帯で、ひとたび雨が降れば何か月も水が引かないという最悪の土地であった。また江戸の背後の西側には、やはり不毛の武蔵野台地が延々と広がっていたが、この台地には大きな川がなく稲作はできないという、まとまった数の人間が住みようのない地であった。

利根川の下流は、ほぼ現在の利根川上流域から、江戸川の流路を通って江戸湾へ注いでいた。当然大洪水が発生すれば、江戸は利根川の流域の下流にあり、多くの災禍を受けざるを得なかった。

家康は、伊奈忠次を関東郡代に任じ、利根川の河川改修を続け、利根川と鬼怒川を合流させ、銚子河口から太平洋に注ぐよう東遷した。

さらに荒川を利根川水系から切り離し、入間川と合流する形で、荒川の西遷をさせ、荒川が隅田川の最上流河川となった。

家康が利根川のつけかえをあたらせた文禄三年（一五九四年）、「会の川の締め切り」で、利根川と渡良瀬川の合流に成功したのに始まり、それから六〇年後、承応三年（一六五四年）、利根川と鬼怒川を合流し、太平洋に注ぐようになった。将軍は四代家綱、関東郡代も四代目に替わっていたとのこと。

会の川の締め切りにより、荒川と利根川にはさまれていた忍城（現行田市）を水害から守るという戦略的な目的もあったという。

このようにして、江戸は利根川の水害から守られ、同時に関東平野の水田開発が進められるようになった。

さらに銚子河口から利根川を遡上し、関宿から江戸川に入ることで、東北の物産は効率よく江戸に送られることが可能になった。

当方、小説類は、ほとんど読まないのだが、門井慶喜氏の『家康、江戸を建てる』を最近読んだ。いや面白い面白い。家康と伊奈忠次以下の伊奈家を中心に進行する物語である。物流の中継点となった関宿の繁栄は大変なものであったようだ。赤松宗旦の『利根川図志』には、次のように記されている（当方意訳）。

久世家の領となったのは安永三年からである。代々の君侯が徳政をほどこし、みな腹を満たし、市街も繁栄していた。

当時の関宿は東に台町、南に江戸町、内河岸、元町、内町があり、内河岸の対岸には向河岸があり、江戸に行く旅人は向河岸より出た。「江桜に柳樽を開き、江岸に柳の枝を折る」その景観は、たとえようがないほどおもむきあるものであった。

現在の関宿にその面影はない。東北信越方面への一番重要な、箱根に匹敵するような関所があったのだが、徳川幕府崩壊後、薩摩政府がすぐに城も関所も廃止したとのこと。

明治になって新たに「利根運河」が開通し関宿を経由するよりも、銚子からの舟の物資がもっと効率的に江戸に送られるようになったこと。そして、そもそも鉄道の発展で、物流が鉄道に取って代わられたことによる。

時代というのは常に想像できないような変化をおこすものだと実感せざるを得ない。

現在も、ＩＴ化などで、また当方の想像を絶するような変化をするのだろうか。対応できなくなりそうである。負け犬になるのだろうか。

追記

今頃になって、鈴木貫太郎についても何も知らない自分が恥ずかしくなってきた。またにわか勉強で、『日本のいちばん長い夏』に目を通す。あの夏、ポツダム宣言を受諾するあたり、陸軍の阿南と海軍出身の鈴木－米内との対立ばかりでなく、鈴木と米内の間も決裂寸前であったという。政権が物事を終える決断と至難の経過をきちんと勉強してみたい。をぢさまbe ambitiousである。

これも『日本のいちばん長い夏』からの孫引きであるが志賀直哉は、「鈴木貫太郎」という随筆を書いているそうである。

正面衝突ならば、命を投出せば誰れにも出来る。鈴木さんはそれ以上を望み、遂にそれをなし遂げた人だ。鈴木さんが、その場合、少しでも和平をにほはせれば、軍は一層反動的になる。鈴木さんはほかにも真意を秘して、結局、終戦といふ港にこのボロボロ船を漕ぎつけた。吾々は今にも沈みさうなボロボロ船に乗つていたのだ。軍はそれで沖へ乗出せといふ。鈴木さんは舳だけを沖に向けて置き、不意に終戦といふ港に船を入れて了つた。

この文をよくかみしめてみたい。

石井の営所

利根川学入門のための基本参考書として、『流域をたどる歴史3、関東編』に目を通していて、平将門に興味が湧いてきた。それも大手門の御霊、あるいは正月に大勢の人間が柏手を打って新しい年を祈る神田明神の御祭神、誰もが知っていることだけれども、御霊がどういう経緯で祭られるようになって現在に至ったのか。ほらあなたもよくは説明できないでしょう？　だいたい、「石井の営所」を間違えずに読めますか？　をぢさまと一緒に勉強してみませんか？

地図で見ると、（車があれば）関宿と石井の営所とは遠くないところにある。前項の友人にお願いして、乗りかかった車である。連れていってもらう。しかし不思議なものである。友人は車のナビを頼りに運転しているのであるが、ナビには道が示されていない空白の画面上を車は走っているのである。これが御霊のなせるわざで、我々を冥界に導こうとしているのか、なんとも気味が悪い。そもそも海なし県としてコンプレックスを抱いている県民もいる埼玉も、ムカシは、上尾、春日部、栃木の一部あたりまで海が達していたらしい。「縄文海進」というのだそうだ。もちろん青い海に白い帆をはった小舟のイメージの海ではなく、水はけの悪い巨大な干潟のようなものだったようであるが。将門の時代にもまともな地図は少なかったことは、将門の乱関係図を見てのとおりであろう。

『利根川図志』にも、その面影が絶えて久しい河童の絵が載っているのであるが、当方の推測では将門の乱で湖沼地帯の戦いに駆り出された人たち、というより、将門自身も足もとの悪い低湿の地で生きた河童に象徴されるあの時代の人間であり、江戸時代の利根川の流れを変更する大工事に駆り出された無数の人たちも河童だったのではないかと考える。その河童が消滅したのは、土手の堤防が高くなり、水流が人の手によってコントロールしやすくなったからであり、それでも想定を超える水害は、現在でも決して絶えることはない。

河童とは、この湿潤の地で水と戦って生きてきた祖先たちである。

国会図書館デジタルアーカイブ　『利根川図誌』（岩波文庫）より　河童

などと、助手席で半ばうつつで空想にふけっているうちに、車はいつの間にか、ナビで示された路を走っており、市街地に入ってきた。住宅地の先に森が見え、森閑な空気が漂いはじめ、そこに国王神社があった。将門の三女如蔵尼が建立に手を尽くしたのだという。とくにお祭りの日というのでもないのに、当方たち以外に若いカップルがお参りに来ていたのが意外であった。

国王神社の杜を離れ、水田の緑が目に眩しいあたりにさしかかると、金剛山延命寺という立派な門構えの

坂東市の国王神社。将門の三女如蔵尼が建立。

建物があった。中の森も周囲を威圧する雰囲気ではないが、強いられずとも深く祈りを捧げたくなるような気持ちにさせられた。このあたりが石井の営所跡なのだろう。このどこかで将門は鏑矢に当たって戦死したという。その首は京都に送られたが残された身体は、すこし離れた神田山延命院に埋められたとされているようだ。

今回は、木村茂光氏、倉本一宏氏、高田崇史氏の著書を切り貼りして平将門の乱の背景影響を整理する。自

藁ぶきの山門が印象的な延命寺。石井の営所の鬼門除けとして建てられたという。

分の言葉で書いている内容が多くないことは恥ずかしい限りだが、初心者の立場ということでお許し願いたい。

持統天皇が、七世紀に天皇制と官僚制を軸とする中央集権的律令国家体制を確立する。だが、時代とともに律令国家は行き詰まりをみせ、十世紀には王朝国家と呼ばれる体制に変化していく。受領国司が国内各地を支配し、納税の管理を行い、一部は私物化できるようになる。さらに軍事警察権も受領国司に委ねられるようになってくる。

平将門は桓武天皇を祖とする。その子孫の高望王は平朝臣として臣籍に降下したが、治安が悪化してきた極東の地で受領として現地の支配を行った。平氏一族は、一種の「辺境貴族」と評価されるという説もあるそう。

高望の子はそれぞれに源氏の血をひく源護家と姻戚関係を持っていたが、将門の父にあたる良将は姻戚関係を作らず、将来の一族の所領をめぐる内乱につながる要因を生じたとされるらしい。承平五年（九三五年）一族間の内乱が発生した。

将門は武力をつけてきた。常陸国の豪族間の対立事件がおこり、将門が加勢した勢力が敗れ、その結果常陸国府軍も敗北し、結果として将門は国司の印と国倉の鍵を奪い、これを機に国府襲撃という国家への反乱が開始されはじめた。

そのような時に、一人の巫女が現れ、
自分は八幡大菩薩の使いである。天皇の位を平将門に授けよう。その位記（証明書）は藤原道真の霊が伝えよう。

と口走った。将門らは大いに喜び、自らを「新皇」と宣言した。

あわてた朝廷は将門を追討するため大政官符を発行し、将門らを討ったものには勲功を与えると命じた。天慶三年（九四〇年）一月のことである。

将門軍は、一時は優勢であったが、敵を追いつめていた途中で、吹いてきた風が逆風になり「神鏑」（神の放った鏑矢）が将門に当たって戦死した。

将門の敵の平貞盛、藤原秀郷はこの合戦の顚末を伝えた文を添えて、同年四月二五日、朝臣に将門の首を進上した。


将門の首は京三条に晒された。この首がさまざまな伝説の起点ともなった。

この将門の乱は、とくに東国の軍事貴族の地位を確立し、日本を古代から中世へと変換させる大きな契機になったと評価されるという。


平将門の乱の歴史的な事実だけを追っていくと、ある程度筋立っていてまとまりがつくのだが、その記録の内容が、問題になってくる。

『将門記』の原本は見当たらず、真福寺本という一番信頼される写本が書写されたのは、一〇九四年とされる。その内容は、京で記録された資料とも合致するところが多く、資料的価値は高いとされる。

ただ、『将門記』には将門の乱の叙述のあとに冥界に堕ちた将門からの手紙、「冥界消息」の文章が続いている。もちろん将門は「冥界」から戻ってきてはいないが、その子孫に冥界に堕ちたあとに蘇生したという伝説、記述などが残されており、それが後世のさまざまな推測思惑などをおこすもとになっているらしい。

以下、木村茂光氏の指摘に従い、問題点を挙げる。

ひとつは乱鎮圧の際に発した大政官府に、王土王民思想、つまり地上にあるすべての土地は天命を受けた帝王のものであり、すべての人民は帝王の支配物である、という思想が採用されたこと。つまり当時の王権や国家権力のあり方と密接に関連した事件であったこと。

「新皇」宣言において、菅原道真の霊魂（＝天神）と八幡大菩薩が根拠となっていること。それまでの皇位継承は天照大神をはじめとする「律令」に規定されていたのに、八幡神は「律令」に規定されていない新興の神であり、道真の霊魂とは、大宰府で非業の死を遂げたその霊が怨念となり、当時の貴族社会に恐怖をもたらした、全くはじめてといっていいほどの事柄であっただろうということ。

それと、将門記に、「冥界消息」という文章が続いていること。有名なのが前述の将門の三女の如蔵尼で、将門が討たれたあと、奥州（福島県磐梯町）の恵日寺に庵を構えて住んでいたらしいのだが、突然の病で気を失って冥途に堕ちたとされる。だが、地獄では地蔵菩薩が現れ、閻魔に、この女は生前の生活に何の問題もなく、現世に戻すべきと命じたため、女は無事蘇生し、法名も如蔵と改め、その後穏やかに八十余年の生涯を送ったという。『今昔物語集』にもこの記述は残されているとのこと。如蔵尼が蘇生したその裏には、将門の救済の意味もこめられているのではないかと解釈できるのではないか、という。

高田崇史氏には、こんなことを教えてもらった。

将門の首が晒されたのは京都三条、綾小路通「膏薬辻子」のところだと。なんだ、イナカモノの当方でも通ったことがあるところじゃないか。空也聖が将門を供養した路地だ。

なんでこんなところに神田明神があるのだといぶかったことがあったっけ。目からウロコである。

あれこれ伝説はある。将門の首は京都を飛び去ったが、石井の営所までは届かず、武蔵国で力尽きて落下。そこが大手町の首塚だという説。

滝夜叉姫＝将門の三女五月姫＝如蔵尼だという話など。

神田明神も徳川幕府開府の際、家康によって江戸城の表鬼門守護として湯島台に置かれ、秀忠によって荘厳な社殿が造築され、江戸総鎮守府として江戸時代を通じて祭られたこと。

明治薩長政権にかわった後、将門は天皇の地位を狙った不屈な者として祭神から一時はずされたこと。

有名な首塚の祟りといわれているものは根拠のないものであること、など。

ちなみに神田明神の広報にはこう記されている。

平将門命は、悪政に苦しむ庶民たちを自らの命をなげうって守られた東国の英雄です。

平将門命は、明治七年に一時、摂社・将門神社に遷座されましたが、その後、神職及び氏子総代をはじめとする氏子崇敬者の懇願により、昭和五十九年、再び神田明神の三の宮ご祭神に復座されました。

どう解釈するかは、あなたのご判断です。

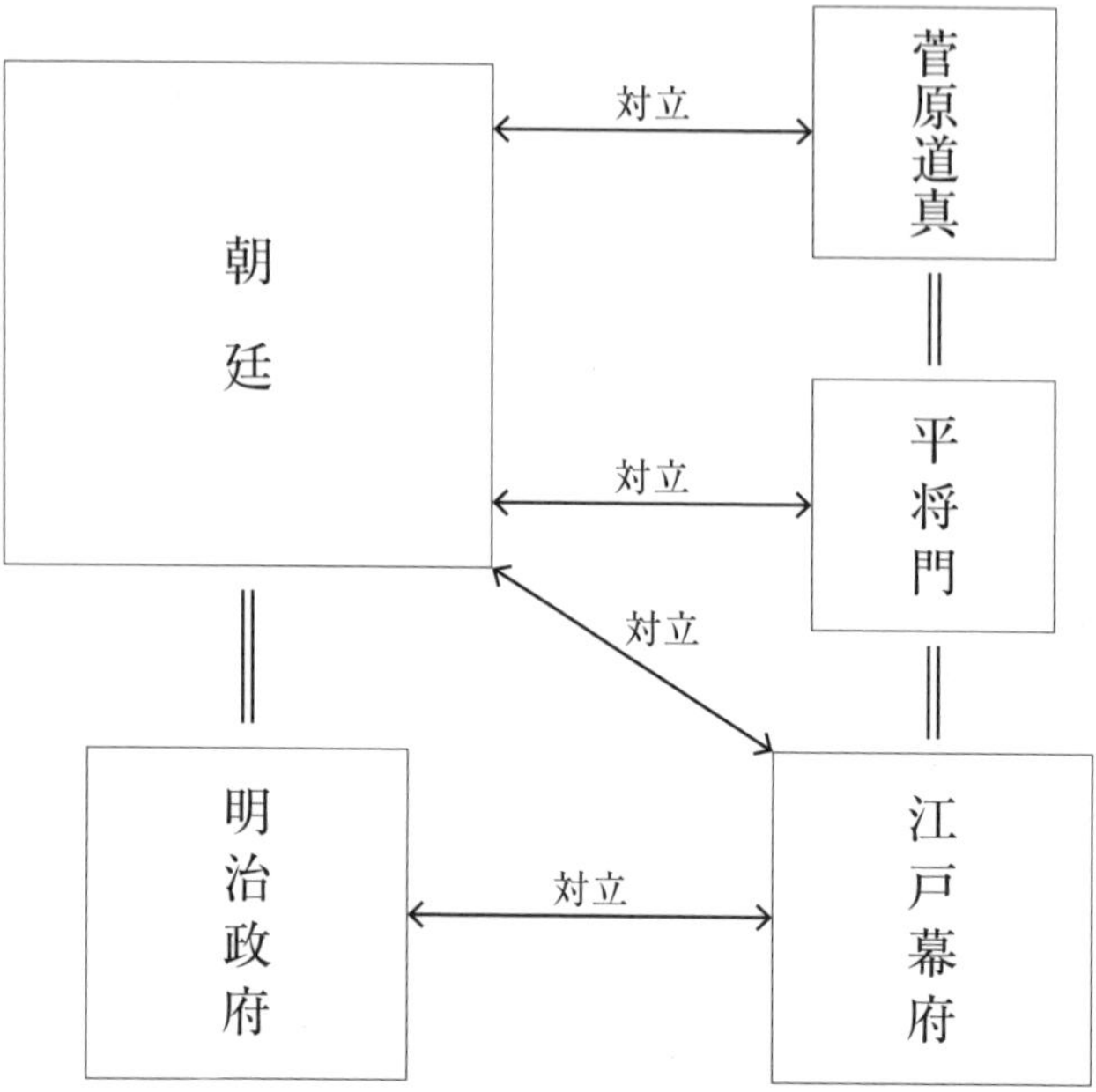

高田崇史著『鬼門の将軍　平将門』（新潮文庫刊）より

追記
高田氏の対立図の説明は当方にはわかりやすいので、転載させていただく。

布川、布佐

　京都寺町通を散策していた折、尚学堂の前を通りかかった。店頭の安売り本の棚に目をやると、珍しくもない本であるが、新潮日本文学アルバム、柳田國男（一九八四年発行）に目がとまった。読まないかもしれないけれど、尚学堂土産として買っておいた。店内を眺めても、自慢ではないが当方、古文書は全く読めない。しかも大きい本が多い。安くない。身の丈に応じて、観光地で絵はがき一葉求める気分である。そのまま物入れの隅のほうに積ん読扱いしておいた。

　今回、「関宿」に興味を覚え、これも埋もれていた『利根川図志』の古い文庫を引き出し、開いた。

　開いた書のはじめに「解題」とあって、文末に「昭和十三年七月四日、柳田國男」と記されていた。

「利根川図志」の著者赤松宗旦翁の一家と、此書の中心となつて居る下総の布川といふ町を、私は少年の日からよく知つて居る。此書が世に公けにされた安政五年から、ちやうど三十年目の明治二十年の初秋に、私は遠い播州の生れ在所から出て来て、此地で医者をはじめた兄の家に三年ばかり世話になつた。さうして大いなる好奇心を以て、最初に読んだ本がこの「利根川図志」であつた。それから又五十年、其間に利根の風景も一変した。

赤松宗旦と柳田國男が交わったのである。あわてて、日本文学アルバムの柳田の本を読み返す。

前回の石井の営所のついでにと、友人に無理をいって、あのあたりは鰻の店だとか鯉の店だとか、たくさんあるから食べていこうよと誘い、鎌倉街道から我孫子へ出て、利根川沿いに太平洋方面へ車を進める。

途中の景色は、緑の絨毯を広い視野の隅々まで敷きつめたような緑がきらきらする川面に映る、夏雲もぽっかりと浮かび、どこかで見たことのあるような既視感のある風景に、そうだ、川瀬巴水《かわせはすい》の手賀沼を描いた風景そのものじゃないかと思いおこした。でも理屈っぽい言い方をするなと叱られそうだが、この目の前の風景は手つかずの自然なのではない。手つかずの自然というのは、昨今の天災による土砂崩れや洪水のあとの痛ましいそれなのである。

中上健次が、先の柳田の日本文学アルバムの本の中で、

農業（agriculture）という言葉にculture（文化）という語が含まれるように、農業は自然に対する最初の加工であり、同時にその反復なのである。

（中略）

では何故、柳田は農民や山人の中に分け入って行き、話を聴き、採集したのか。柳田は農にたずさわる農民の中にある〝遅れ〟のようなものが、一種時空間をワープして、民話として、後に文化人類学、神話学、精神分析学に分岐するようなものを蓄えている事に気づいたからである。〝遅れ〟とは農業が分泌する澱のようなものである。近代を迎えた国の顔の発見とも言うべき〝常民〟は〝遅れ〟の中からそう

やって見出されたのである。

と、興味深い指摘をしている。

心地よい走行をしているうちに車は布佐に入る。車を駅前に止め、同書に紹介してある布佐の「竹内神社」を確認しようと集落の中に分け入った。道で出会う方々に「竹内神社」への道を尋ねるのだが、どうにも返事が要領を得ない。たとえば、コンビニへの行き方を尋ねたのなら、もっとわかりやすい案内をしてもらえたのかもしれないが。住宅地の道路のような道をあれこれ右往左往する。ようやく中学校に行きあたり、その横の道が参道で、前に見える森を上りつめたところが竹内神社と知る。

当方、神社マニアではないので、正直言うと面倒になっていたのだが、友人が当方に石段を上るようにと誘導する。背後からご丁寧に、当方が石段を上る姿の写真を撮っている。好意から逃げられず上り切る。

早々に石段を下りて、「今日は世話になったから、どこか鰻でも」と、店を物色する。飲食店は、ないことはないが「鰻を供する」店は全く見当たらない。陽が高くなり、気温もさらに上昇してくる。

世事にたけた友人が、これから店を探し歩いても、時間が遅くなり夕食に近くなってしまうので、また別の機会にしましょうとアドバイスして下さる。ありがたく同意し、車に乗り東京への帰路をとる。途中、「布川」方面の道標を川沿いに見つけた。「帰ろう」という流れが止まらず、そのまま車を進めた。「となり」といっても、利根川をはさんだ「となり」であり、これこそ、千葉と茨城の境界だったのである。世事にうとい当方、このトシになって新しい知見を得た。

それでも「布川」をあのとき確認しなかったことが、どうにも心残りになり、後日、緑の地下鉄に乗り我孫子で下車する。構内で立ち喰い蕎麦のレジェンド「弥生軒」を確認し、ＪＲに乗り換えて布佐で下車する。布佐まで電車で行けることも恥ずかしながら知らなかった。利根川地方のみなさん、これから友人になりましょう。

布佐駅前に、布川のほうの団地行きのバス停を見つけたが、一日二往復程度の便らしい。一台、タクシーが止まっていたが今回は利用せず、土手の方面へ歩き、栄橋を歩いて利根川を渡る。この橋はもともとは、当時柳田國男少年（柳田姓は養子先のもの）の医者である実兄が町長時代に架けたものだとのこと。

國男少年は、家庭の事情や身体の虚弱さなどから親先の播州の町、辻川、下総の布川の兄のもとにひきとられ二年間を過ごした。

布川で過ごしたこの二年間は学校にも通えず、夏など裸同然で過ごしたという極めて特殊な時期であったらしい。播州の山麓の町に育った彼に当方が、ちょうど佇む栄橋から臨めたような果てしなく広がる水田や広い空、イナサ（東南風）に吹かれて川面を走る無数の白帆の小舟に心を躍らされただろうことは、彼の「本当に広い世の中を見たという気がした」という回顧の文にあるとおりだったのだろう。

栄橋を下り、対面の布川の町に達する。橋に向かって左側の徳満寺のあたりにかつて豊島家が城を築いた。小田原の北条家側についたが北条家の滅亡と時を同じくして豊島家も断絶したとのこと。利根川を見渡す眺望は良く、同じ敷地の続きの「地蔵堂」には「間引き」の絵馬がかかっていて、少年の心に大きな印象を残した、とも國男は後年記している。

岡谷公二氏によると、國男は人並みはずれて感受性の鋭い、言いかえれば、極めて精神的に不安定な性格だったようで、たとえば家の裏手の崖の上に座って國男のほうを見下ろしていた二匹の狐に見すくめられて身体が動かなくなり、しかもその翌日には隣家の主人が突然発狂して妻を斬り殺すという事件がおこり、狐とこの事件とが彼の中でひとつのものとして結びついていったことがあったという。

強引かもしれないが、当方には、荷風の幼少期を描いた『狐』となにか共通するものを感じる。吉本隆明も『共同幻想論』の中で、この体験について述べているらしい。今の当方には、それ以上の知識はないが、野生の「狐」が「狐」として特別な魔力を有していた時代だけのことなのではなく、ある鋭い感受性を有した人間に共通する資質を考えてしまう。

先の地蔵堂の西下には以前は金比羅神社があり、そこでの祭礼相撲は有名で、小林一茶の句としても紹介されているとのこと。

布川遠景（利根川、栄橋方面より望む）

栄橋から向かって右側には来見寺という大きな仏閣があり、徳川家康のおぼえがきがあった証しとして「松替ノ梅」が残されており、その本堂の前には、ここにもなんと「赤門」が建てられていた。

覚えておられる方もおいでと思うが、以前当方が行った飯田にも赤門があり、柳田國男の住居跡も残されていた、単なる偶然なのだろうか。

紹介があとになったが、『利根川図志』の文と当時の繁栄していた布川を読んで、見ていただきたい。

布川は一帯の丘山を背にし、前は利根川に臨みて街衢を列ね、人烟輻湊して魚米の地と稱するに足れり。

殊に六月十四日の宵祭、八月十日の金毘羅角力、十月二十一日の地蔵祭等は（後略）。

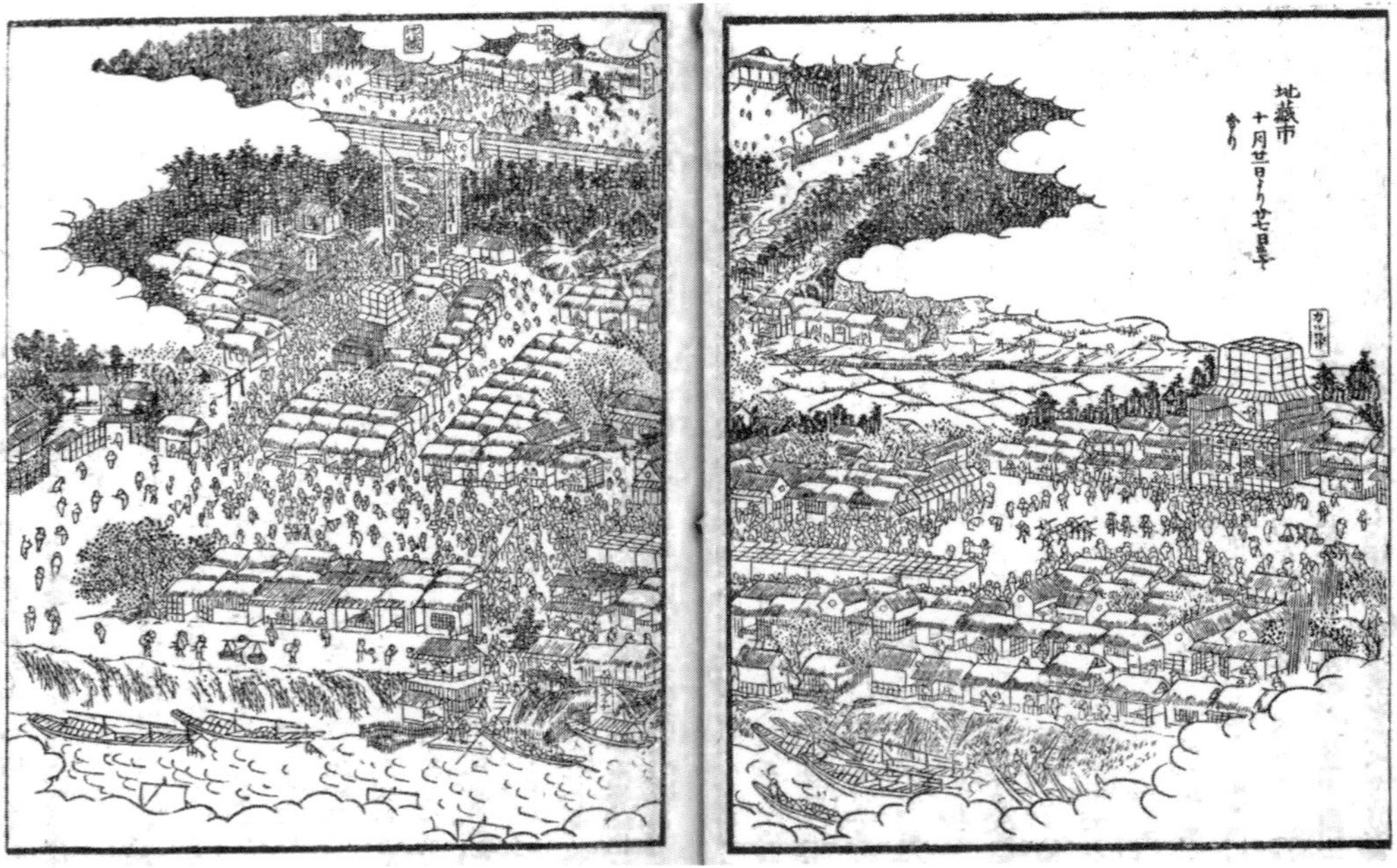

国会図書館デジタルアーカイブ　『利根川図誌』（岩波文庫）より　布川
現在の写真と較べてみてください

野川とは

古井由吉氏が亡くなった、という記事に目がとまった。古井氏という方は、長年芥川賞の選考委員をつとめられていたこともあり、当方には、小説を書くことを職業とする人が読む小説家というイメージがあって、軽々とは手を出せずにいた。これを機に何か読んでみようと思い立ち、題名から、このへんからなら入りやすいかなと『野川』を読みはじめた。

この作品の根源にあるものは、氏が幼年期に体験した戦災の記憶であり、とりわけ昭和二十年八月十日、荒川土手で体験した東京大空襲の記憶である。

旧友の死を知らされ葬儀に参列した折、その娘との会話で、旧友はよく野川の土手を散策していました、ということを知らされる。それを端緒に、現在と過去の境がゆらぎ、生者と死者の区別もゆらぎ、夢と現実が交差した幻想的な世界に入り込んでいく。

舞台となったのは、おそらく野川の中流域、京王線沿線なのだろうと想像した。だがこの一作を読んだだけでも、日々の糧を得るための現実生活から遠く離れた世界へと引きずりこまれそうになってくる。古井氏のある対談集に目を通したのだが、そこでは氏は「野川」は固有名詞だけでなく一般名詞としての意味も含んでいるとも述べていた。

で、読後、ふと考えた。そういえば当方も時々、野川流域に出没する。野川とは、一体どういうものなのか知りたくなった。

世田谷区が出版した『野川の自然』によると、

野川は、その源を国分寺市恋ヶ窪に発し、武蔵野台地を東南に流下しています。小金井市、三鷹市、調布市、狛江市を貫流し、世田谷区との区境付近で入間川を、鎌田町で仙川を合流した後、多摩川に流入する延長約二〇・二㎞、流域面積六九・六㎢の河川である。

もちろん、要を得た文章で、何もいちゃもんをつけようがない。けれど、ときめきの気持ちが当方に湧いてこない。

そういえば、たしか、大岡昇平の『武蔵野夫人』も野川を扱っていたはずだと思いおこし読んでみた。もう七十年前の頃のことを書いた作品であるが、その冒頭は、

中央線国分寺駅と小金井駅の中間、線路から平坦な畠中の道を二丁南へ行くと、道は突然下りとなる。「野川」と呼ばれる一つの小川の流域がそこに開けているが、流れの細い割に斜面の高いのは、これがかつて古い地質時代に関東山地から流出して、北は入間川、荒川、東は東京湾、南は現在の多摩川で限られた広い武蔵野台地を沈殿させた古代多摩川が、次第に西南に移って行った跡で、斜面はその途中作った最も古い段丘の一つだからである。

狭い水田を発達させた野川の対岸はまたゆるやかに高まって楯状の台地となり、松や桑や工場を乗せて府中まで来ると、第二の段丘となって現在の多摩川の流域に下りている。

野川はつまり古代多摩川の三角洲、武蔵野を縦に断った古延長川の一つである。段丘は三鷹、深大寺、調布を経て喜多見の上で多摩の流域に出、それから下は直接神奈川の多摩丘陵と相対しつつ蜿々と六郷に到っている。

（中略）

どうやら「はけ」はすなわち、「峡」にほかならず、長作（登場人物・著者注）の家よりは、むしろその西北から道に流れ出る水を溯って斜面深く喰い込んだ、一つの窪地を指すものらしい。

水は窪地の奥が次第に高まり、低い崖となって尽きるところから湧いている。武蔵野の表面を蔽う壚坶、つまり赤土の層に接した砂礫層が露出し、きれいな地下水が這い出るように湧き、すぐせせらぎを立てる流れとなって落ちていく。

受けとる印象が全く違ってくるでしょう。こういう文に接すると、やはり確認のために現地調査に行きたくなるのが、人情ではありませんか。

ということで、ある晴れた秋の日の午後、国分寺へ向かう。あらかじめおことわりするが、当方、大岡氏の『野火』をはじめとする作品も古井氏の作品も未読で、感想は、目の見えない人が象を撫でたもののようになるだろうが、そこはそれ、修学旅行ということでお許しを。

ＪＲ国分寺駅を下車。この駅で下車するのも当方の人生ではじめてのことである。東京は広い。駅前の道を歩いていくと、次第に傾斜が急になり、傾斜の落ち着いたあたりに川が流れて、橋がかかっていた。不動橋というのだそう。橋にはベンチが置かれ、ひと休みにも心地よさそう。川の上流域から二つの流れが合流する地点のようである。どちらを上ればよいか不案内で、市役所であたってみようと思いつき近くの郵便局で尋ねると、市役所はこの駅ではなく、西武鉄道で一駅目の恋ヶ窪駅のほうだと教えて下さる。

恋ヶ窪駅で下車し、市役所を探す。おやまあ、ここの役所は威圧感を全く感じない、ムラの役場のおもむきで、ほっとする。「市政戦略課」というすごい名前の窓口を教えてもらい、向かう。こんなところに来る人間は珍しいのか、職員が二人がかりで対応して下さる。

「いやあ、野川の下流のほうから、上流がどうなっているのか知りたくて、うかがったのです」と伝えると、うれしそうに（笑顔だった）パンフレットなどを出して説明して下さる。

とくに「野川マップ」の内容はすごい。流域地図から、動植物案内まで簡潔にまとめてあって当方のような野川愛好者（いつからそうなったの？）には、たまらない。
二、三の補足の質問をする。
「で、結局、源泉というのは、どこなんです？」

「いろんな説があるんですが、主なものは日立中央研究所の湧水と、国分寺跡近くの真姿の池の湧水の二か所があり、それが不動橋のあたりで合流します」

「国分寺崖線というのは、どのあたりを指すんですか？」

市の拡大地図を広げて下さり、「この国分寺市周辺の高いところが全部そうで、その窪地の湧水の出るところが、みんな『はけ』なのです」。

「『真姿の池』へは、どうやって行けばいいですか？」

「ここから、三十分に一本出ているバスに乗って、そこで下車しても行けますし、歩いても三十分くらいです」といろいろなアドバイスをいただく。

三十分くらいなら歩けないこともないけれど、着いた頃には日が落ちてしまいそう。また迷子になりそうだと思い、市役所の前からタクシーを拾おうとしたのだが、なかなか通らない。十五分以上経って、やっと一台止まってくれた。真姿の池のなるべく近くまでと告げて、「このへんはタクシーが通らないんですね」と話しかけると、すぐそこにタクシーの営業所もあったのだけれど、最近潰れたのだと教えてくれた。COVID-19のあおりなのか不明であるが、現況の厳しさを感じた。

タクシーは工事中のような建物のところまで入り、「あとは先の緑の茂ったところの階段道を下りて下さい」と教えてくれた。

その階段道を下りていくと、何やら風情のある池とお社があり、清潔な湧水がそばの水路を流れていた。写真を撮ろうとしたら、自転車のおとっちゃんが、やおら、ペットボトルを水路に横たえ、三本たっぷり水を満たし、悠々と去っていった。

当方のイメージの武蔵野の面影が、このあたりに感じられ、またあらためてゆっく

真姿の池周辺

り散策したいと思った。

そこで思い出した。当方、以前、小浜の国の国分寺跡を訪れたことがあり、あそこにも奈良東大寺のお水とりに用いる湧水があったことを。この池でも、安定した地台の国分寺崖線の上に武蔵国分寺が置かれ、崖下の「はけ」から湧水が流れ出していたのだ。何も知らず「地元の国分寺なんて（興味がない）」と記した当方は未熟者であった。

国分寺には湧水がよく似合う。とダザイの真似をしてみたくなった。

真姿の池から住宅地に出て、また道に迷いながらＪＲ国分寺駅へと戻る。このあたりには手入れされた生垣の家などが残っており、よい風情を感じた。

『武蔵野夫人』の舞台となるのは、おそらく現在の貫井神社付近の「はけ」で、そこに住む一族の不倫の話で、その内容にはさすがに当方もあまり興味が湧いてこない。

小説の主人公の一人「勉」は学徒召集で南方の戦場（当然、フィリピンだと思う）に駆り出され、やっと帰国できた復員兵であるが、小説を読んでいる限りでは、当方に思い浮かぶのは成城大学に在籍していたという設定で、もう一人の主人公「道子」の夫、秋山は勉と同じ私立大学でフランス語を教えているという設定になっている。勉は勉で成城や田園調布の「はけ」にも興味を持っていた。ご当地小説である。ちなみに大岡昇平氏の晩年の住居も、仙川にほど近いところであった。


丸谷才一氏は大岡作品の解説文で、『武蔵野夫人』は「ナルシズムによる恋の作品」と簡単に言い切っているのだが、また大岡氏の作品には、水のイメージがよく出てくるとも指摘している。

水のイメージは、岡田喜秋氏という批評家がはじめにそのことを指摘し、大岡氏は「私がフィリピンの山中で飲水に対する執着から死に損なって以来、水が固定観念になっている」ということを自ら記されている。『野火』の中にも「川」に関する記述があるそうだし、『武蔵野夫人』にも野川の水源を求める、道子と勉の長い散策の記述などがある。

それで「野川」とは何なのかと自分で問うてみても、結局うまく答えることはできなかったが紹介した二人の作品が、「野川」を考える足がかりにはなりそうではある。

話がそれるが、赤坂真理氏が、成城付近の国分寺崖線の上と下との格差のことについて触れていることも興味深い。赤坂氏は高円寺で幼少期を過ごしたのだそうだが、

中学の頃まで、新宿から山手線内回りに乗って原宿までは行けるのだが、もうひとつ先の渋谷にどうしても行けなかった。そこから異界なのである。渋谷には、潮の匂いがどこからか入り込み、自分は、森と野の民であった。武蔵野の低地か台地

にだけ住んでいた。わたしたち家族が住めたのはすべて、武蔵野の水脈際だった。という興味深い文を書いている。武蔵野の台地と水脈というのも、とても面白い視点である。

古井由吉氏は、東京大空襲のときの荒川土手の記憶に続き、疎開した父祖の地の長良川周辺で、さらに二度の空襲を体験した記憶も記録されている。

晩年の作品には玉川上水（跡）と馬事公苑に関する記述もよく出てくる。

川辺の記憶が思いがけず当方にとって新しい視野を開くことがあるかもしれない。

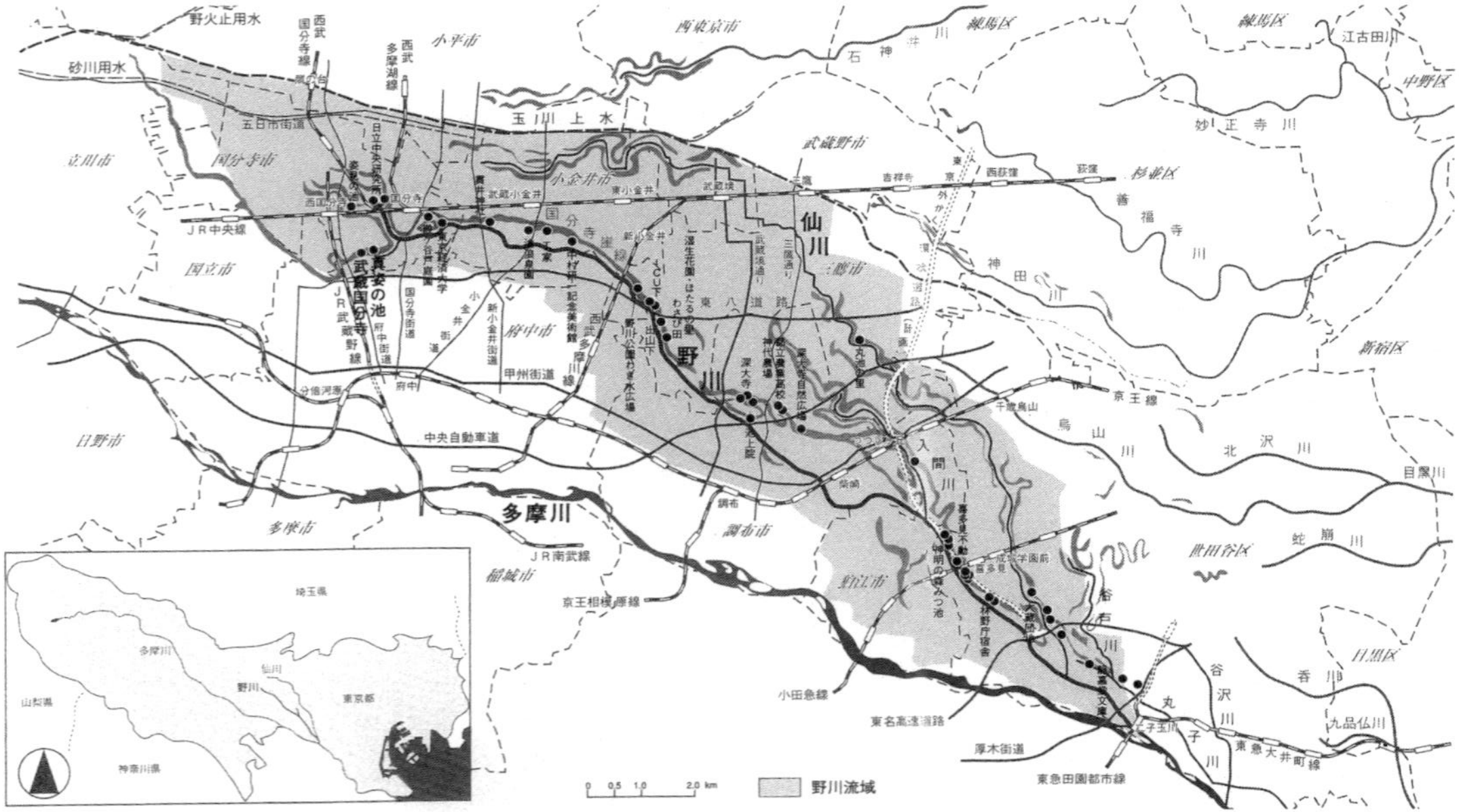

出典：創林社『生きている野川　それから』

「この道」とは

古井由吉氏のことが気になりはじめ、最晩年の作品を、おそるおそる読んでみた。当方にとっては、山登りにたとえるなら、高尾山にもケーブルカーで登る人間が、冬の穂高に挑戦するようなもの。ただ、本年の二月まで、とても近くにおられたということを今になって気づき、調べてみたくなった。以下、本人の自筆年譜に依る。

一九三七年（昭和十二年）、現在の品川区旗の台に生まれる。

一九四五年（昭和二十年）、三月十日の東京大空襲により罹災、当時、八歳。だが、そのすぐあと疎開した父祖の地、大垣市でも七月に罹災、さらに母の郷里美濃市に移り、そこで終戦を迎える。昨今ＰＴＳＤという言葉が多用され、言葉のもつ意味が安っぽくなったような気もするが幼少期の心の傷は成人になってからのそれとは同じにできないものであったことは想像に難くない。

大学時代は、蓮實重彦氏と机を並べ、卒後就職していた立教大学でも同僚だったという。卒業論文は、カフカを題材とした。

一九六八年（昭和四十三年）、世田谷区用賀二丁目に転居する。この記述が、当方を悩ませることになる。詳細は後述する。馬が好きで馬事公苑をよく散策されていたらしい。

一九七〇年、立教大学を退職する。

一九七一年、『杳子』にて芥川賞を受賞する。『杳子』を含めてこのあとの作品群は当方、これまでに全く読んでいないので省略する。


夫人の記述によると、五十代以降、病気の百貨店のような具合であったらしい。

一九九一年の頸椎椎間板ヘルニアをはじめに、頸椎の脊柱管狭窄症、網膜黄斑円孔、白内障、前立腺がん。二〇一六年に肝細胞がん、さらに腎細胞がん、肝細胞がん骨転移、そして二〇二〇年二月十八日永眠された。

主に通院入院されていた医療機関は、近くの共済組合立の病院であった。

当方の職場からほど近いところで古井氏が旺盛な創造活動と闘病生活を送っていた

ことに気がついたのが、氏の生前でなかったのは心から残念ではある。

当方のいつものやっつけ仕事で、最後の単行本『この道』と、未完の遺稿を載せた雑誌を走り読みした。今回はこの範囲内の読書でお許し願う。

また引用ばかりになるが、氏の文を紹介しないことには説明のしようがない。


「この道」というのは、芭蕉の晩年の句、「この道や行く人なしに秋の暮」から引いて、氏は「目に見えない、しかしいつだかつくづくと見たはずの、ほかならぬひとつの道」を、自身の記憶をふり返って思い描いているのだろうと思うが、自宅の所在について、

自身が土地の視野を塞ぐ十一階建ての集合住宅の七階に住まうことになった。高い階からの眺めは見晴らしであっても、土地からはやはり隔てられている。それから十二年後に同じ建物の七階から二階に移り、上から見おろしていた樹木を仰ぐようになり、安堵を覚えた。まだ四十代のなかばにかかる若さだったが、老いのはじ

めであったか。

それからでも三十五年あまりも過ぎた。(『この道』所収「野の末」)

と記述し、同じ作品の中に、

最寄りの私鉄の駅から私の家まで歩いて二十分ほどの道が、たっぷり二車線の道路沿いになるが、これまた妙にまがりくねっている。

(中略)

その道の片側に高い石垣がしばらく続く。河原石を幾段にも重ねてつらねた、いまどき本格の石垣である。無用になった用水堤を取り壊す際に沢山に掘り出された河原石を、道端の崖の土砂崩れをおさえるために石垣に積んだとも思われるが、どうだか知れない。目の高さから、人の頭ほどの大きさの石が無造作に置かれているようでしっかりと咬みあって続く。それが夜目にはどうかすると、無数の髑髏が枕を並べてどこまでもつらなるように見える。そう見えてきても暗いような気分にもならないのは、これも酔いを帯びて帰る道だからなのだろう。人の生涯は所詮、死者から死者へのつらなりの、その先端にしばしあるだけのことであることであり、生きながら年々その列へ組みこまれているのではないか、と考えれば足取りも楽なようになる。石と石の継ぎ目がそれぞれ女陰のようにも見える。無数の女陰の列になる。しかし女陰と髑髏とは本と末のことだ、色即是空である、いや、空即是色のことか、と年寄り方が戯れに思う。

という、作品中の「この道」に対する圧巻の描写が記される。

この部分を読んで、当方、よく利用する道で、あそこだろうと直感に訴えるものがあった。だけれども用賀二丁目の氏の住居を起点として考えると、そぐわない。用賀駅付近に「この道」があるのか釈然としない思いが残った。

ある晴れた土曜日の午後、当方の職場近くの始発のバスに乗って用賀駅に着いた。

「この道」にはこんな記述もある。

一昨日は宵の口から都心に出た。忘年会に呼ばれてだいぶ迷ったが、これも最後のことになるかもしれないと考えて、家で早目の夕食を済ませてから出かけることにした。つい三年も前までは何ほどもない道のりだったが、今の脚では長旅になる。最寄りの地下鉄までバスで行けばその先は一度の乗継ぎで済むことだが、その乗換えには階段を降りて連絡通路をたどり、また階段を降りる。むこうの駅のホームも地下の三階だか四階だかにあたる。階段はすべてエスカレーターの世話になるとしても、地上に出てから酒場まで、以前は十五分ぐらいの道だったが、今ではどれだけかかることか。(『この道』所収「この道」)

最寄りの地下鉄駅から多分渋谷へ向かうということだろうか。この地下鉄駅は用賀駅で違いはないと思う。だが、自宅からバスを利用するほど古井氏の体力が低下していたのか?

用賀駅から玉川通りや区営住宅のあたりまで、あれこれ、十一階建ての建物や、曲がりくねった道が見つかるかどうか、周辺を歩いたが、それに該当しそうな建物はない。用賀にはランドマークにあたる高層のビルはあるが、あれはもっと高いし、氏の別の作品には共同住居と同じ高さのもうひとつの建物も並んでいる。と、どこか別の作品に書かれていたことも思いおこした。

頼りの駅前交番にもあたったが、やはり思いあたる建物はなく、質問されたほうはまたヘンな質問をする人間が来たと内心思っていたに違いない。

疲れて、また出直ししようと、再びバス停から当方の自宅方面行のバスに乗った。バスが馬事公苑の横を通り、世田谷通りへかかる地点を通っていたとき、「もしかして」と当方、突然ひらめいて、あわてて下車のボタンを押した。

そこから見える大きな建物の階数を遠くから数えた。十一階である。しかも同じように建物が奥にもう一棟あることに気がついた。

おそるおそる建物の敷地内に入り、歩きながら確かめてみた。

当方の疑問は氷解した。古井氏の自筆年譜の住所には、漢字がひとつ抜けていたのだ。

ここならば、馬事公苑も目とハナの先、散策するに負担はなく、樹木の描写にも違いはない。ということは、「野の末」文中のまがりくねった道こそ当方がよく利用する「この道」であったのだ。最寄りの駅というのは用賀駅ではなく、別の私鉄の駅で違いはない。

それ以来、「この道」を通るときの印象が全く変化し、特別な思いを抱いた道になった。

川上弘美氏は「古井由吉の小説を読む」のではなく、「古井由吉を読む」という言いようをしている。小説なのだけれど小説という言葉で分け隔てられる文章ではないという気がする、というのだ。

朝吹真理子氏は、古井氏の作品は、終わりのなさだけを読み手に残してふいに終わる。小説の「現在」は宙吊りのまま、目の前から失われて、作品の外に放り出される。現実の「現在」がどっと流れはじめる。それで途方にくれる。と述べておられる。

当方、これから氏の作品を読みはじめる場合は参考になる言葉であろう。

古井氏は、幼少期の大空襲に二度も追われた体験、そして父祖の地の土地の記憶（明治二十九年の大水害）にも思い及ぶとともに、数々の天災経験、自己の壮絶な闘病、老化の経験も踏まえ、表現してこられた。すくなくとも当方にとって阪神大震災以降の被災の記憶、経験は、それこそ氏の住まいから、近いところで同じ経験、記憶を重ね、闘病に関しても比較的具体的にその経験を実感できる立場で過ごしてきた。

当方は、今頃になって氏の足跡をたどる端緒についた。だけれどもふり返ってみれば、たとえば数年前に氏の作品を読めと勧められても拒絶したようにも思う。逆に今だからこそ、共感の想いを抱いて、死にゆく者の祈りに似た感情を味わえるような気がする。

もう一度、長めの引用をさせていただきたい。諸氏の、古井氏作品の一読をお勧めする。

しかし梢も壁もすっかり暮れたかと見える頃になり、もう一度、夜となった空が重い赤味をふくむように感じられることがある。地平から光芒の射すのを見るわけではないが、そんな時、自身の本来を思い出せぬままにまた孤児の身となった老年に、もしも埋められた記憶がひらくとしたら、背後からではなく前方の天に、赤い光芒となっておごそかに立つのではないかと思われる。

夜の明けるのにも似ているか。ひとり泣いてさまよった末に難をのがれて、まだ火の手が上がる彼方に夜の明けるのを見たその時に、記憶は断たれたのかもしれない。それが老年に至り、長年の禁忌を押し分けて、想定の外の、中天に射すようにあらわれる。ようやく我が身をいとおしむかなしみとなれば、せめてものさいわいである。我が身いとおしさとしても、すでに一身を超えた情なのだろう。暮れるのと明けるのがひとつになることはある。(『この道』所収「野の末」)

壮絶な死に往く者の記録である。

鎌倉七口を往く

私的な思い出になるが、鎌倉に若くして亡くなった姉がいて、学生時代その家族と一緒に若宮大路、鶴岡八幡宮などを散歩したことがあった。

あとは観光の型どおりのルートというか江ノ電に乗ったり江の島を歩いたり、水族館見物したり、という記憶が残っている程度である。大仏を拝んだこともない。姉の死以来、鎌倉とは縁遠くなっていった。無敵のインバウンド客にはじき出されたりあるいは感染症の危険もあり体力のない高齢者が近づく場所ではないという思いもあった。

しかし状況は一変した。日本史を全く知らない当方には、まだ比較的足腰が達者なうちに、せめて後鳥羽、後醍醐あたりまではその現場に立ってみたいという思いがあった。太平記の世界以降は、とても知力、体力、気力、資金力、長期休暇獲得力のどれをとっても追い求めていくのが困難だろうという予感があった。

そんな折、石井進氏の『中世の村を歩く』という、歴史の基本図書ともいうべき本に目がとまった。

その本の中の「何をどこから見るか」という項で「鎌倉七口切通し」について述べられていた。その名前はどこかで聞いたことがあった。鎌倉を描いたただひとつの中世絵巻「一遍聖絵」には、時宗《じしゅう》の信徒の鎌倉侵入を拒もうとする小袋坂周辺を題材にした絵が描かれているということも知った。興味が湧いてきた。

だが、この「非常事態」の日々の中で、どうやって辿りつけるのだろうか。

すぐに思いついた。当方の数少ない友人の中に、十八歳になるや否やすぐに運転免許をとり、以来国道一三四号線を車で流すのを日課にするという青春時代を送った元湘南ボーイ（この言葉は死語であろうか?）がいる。彼に車で連れていってもらおう。

彼は当方のお願いに快く応じてくれたばかりか、数年前に七口巡りをされた方の体験記をネットで見つけてくれ、わざわざ紙に焼きつけて送ってくれた。同じような試みをする方々は、少なくないようだ。

友人は早朝、当方の家まで迎えに来てくれた。実はこの旅は、一度目はゴールデンウイーク頃に行われたが雨にたたられ、撮った写真にすべて水滴がつく水滴《みずたま》のアルバムになってしまった。二度目はお盆の頃に、友人に頭を下げて再訪したのだが、このときも路程の半分ぐらいは雨にたたられる結果となった。書いてある内容と写真が一致していないところがあるのは、お許し願いたい。

車で回った都合上、鶴岡八幡宮（以降「八幡宮」）を中心として述べる。

まず、八幡宮の東側、現在の鎌倉霊園の下側に、①朝比奈（朝夷奈）切通。横浜栄区のほうに進む県道二三号線沿いから入れる。初回時、場所がわからず鎌倉霊園の一番奥の一番高い墓地区画から、先の切り立った崖の下方を眺め、あのあたりなのかと推測していたが、二度目、先の道路沿いには案内標示があり、楽に入れた（途中までだが）。いかにも切通といった風情のある道で、北条泰時が自らの愛馬から下りてその馬に土砂などを運ばせたという伝えが残っているという。当時の塩の産地でもあり、宋との貿易の拠点であった六浦へ続く道の出入り口であり、後述するが、鎌倉街道下

小袋坂（巨福呂坂）

道の出発点でもあったようだ。

そのあと、八幡宮の横に駐車する。駐車場営業開始の時刻で、一番のり。雨模様もあって人通りはごく少ない。道路を渡ってすぐのところにある、土御門上皇、後鳥羽上皇、順徳天皇を祀った今宮へ参る。一度目のときは修復中であったが、二度目は新しく、小ぶりに仕上がった今宮に祈りを捧げた。

その足で西北の②小袋坂（巨福呂坂）鎌倉街道、中道の起点となるところらしいが、住宅街の突きあたりにあり、現在

亀ヶ谷坂

は封鎖されていてその先が見越せない。一遍上人が今ここに連れてこられても、自分のいる場所がよくわからないかもしれない。

それから崖の下を歩き、横須賀線の踏切を渡り線路沿いに歩き、さらに線路下のアンダーパスを進み、先を突破して③亀ヶ谷坂。この道はよく舗装されていて、当時の道をバイクが通り過ぎていく。

小袋坂と亀ヶ谷坂は、連絡していたのか？

来た道を戻り、再びアンダーパスを抜け、右折、すこし歩くと八幡宮の西北に

化粧坂上　三叉路

あたる④化粧坂（気和飛坂）が見えてくる。

　この道は山道で登山道のようにくねくね道が折れながら登っていく。上からの水流で当方の靴がびしょびしょになっていく。この付近は刑場であったという。有名な人物では後醍醐天皇の謀臣、日野俊基が斬首されたところであるという。この場を上り切ったあたりは往時でも商業活動を認められ賑わっていたところで、遊女もたむろしていたそう。石井氏の説明を待つまでもなく街道筋で街のはずれの境界の場にあたり、生と死が多く交差する場所でもあったのだろう。

大仏切通周辺

道に迷うといけないので元来た道を滑らないように戻り、再び横須賀線に沿いながら駐車場へ戻る。

市役所から藤沢方面へ抜ける道を通り、⑤大仏切通。車のナビが示すのは左側が住宅街で、道路の反対側は林になっているところ。大仏切通は林の奥のほうなのかもしれない（先に紹介したネットでの写真にも大仏切通は写されている）。大仏のほうから入る道があるのかもしれないが、雨であまり探す気になれない。次の機会にまわす。

道路を歩いていると、その林のほうか

極楽寺切通

ら蛇が出てきた。元湘南ボーイは明らかに怯えた表情を見せた。シマヘビの類いだと思う。何をそれほど……と草深き地で幼少を過ごした当方は思う。生きとし生けるものすべて尊重されなければならない。なむあみだぶつ。

さらに車で⑥極楽寺切通。江ノ電の駅を上がったところの道筋。現在は道も整備され、バスも通っている。新田義貞と鎌倉幕府軍が激しい戦いを交えたところという。源義経の腰越状の話も、この付近で返事を待っていたのであろうか。

この④、⑤、⑥が鎌倉街道、上道の道筋にあたるようだ。

雨足が次第に強くなり、車は国道一三四号線を逗子方面に向けてぶっとばす。材木座付近のサーファー部落を通り抜けようとしていたら、サーファーたちが傘もささず悠然と歩いていた。まぁ、傘をさしてもささなくても変わりはないといえば、そうなんだろうけれども。

ゆうれいトンネルを抜け、車は逗子の小坪側へ出る。小坪団地の住宅街へ道を左折、先は狭い丘の上の通りなのだが、こんなところもバスが通っていた。この地区の一番奥の一番高いところまで車で進む。突きあたりの一階高い場所に配水池の建物があった。そのすぐ左へ下る細道が⑦名越（難越）切通。この道もかなり険しい道で三浦半島への玄関口にあったという。まんだら堂見物は、公開の時期ではなかった。でもこのあたりも、鎌倉の辺縁、境界にあたり、墓地も作られていたようだ。今現在、鉄道だとかトンネルで開かれた山々も通り抜けが困難であったのだろう。

勾配が強く狭い団地の道を下って、小坪へ向かう。海辺の白く南欧風に統一された建物群が、逗子マリーナだと。往時はもちろん、今でも夏を過ごすのには快適そうである。

マリーナにほど近い商店街に魚料理を専門にした食堂があった。ちょうど休日の昼どき、主に若い人たちで大盛況であった。イスにかけ、メニューを見る。ふだんなかなか食べられない魚が多く、目移りするが、そこは決断と実行の当方、ぶりとまぐろの炙りの二点盛定食を頼む。魚も身が厚いし、ご飯も大盛り。全部は食べ切れなかったが、久しぶりに魚を満喫した。

友人が若い頃からよく出入りしていた食堂であったようだ。近くに魚市場やらイタリアンの食堂やら気になる店も目に入った。

閑話休題《それはさておき》。鎌倉街道とは。

都内を移動していると、よく鎌倉街道という名前の通りに遭遇する。当方は、街道がどこからどこへ通じているのか不案内であった。たとえば、東海道とか中仙道というのだったら、わかりやすいのに。

創英社から出版されている街道歩きのシリーズというのを見つけた。

このトシになって、ひとつまた、お利口になった。鎌倉街道というのは往時の関東武士団が行き来した（もちろん、流通の大動脈にもなる）街道の総称で、鎌倉を起点として、上道《かみつみち》のほかに中道《なかつみち》、下道《しもつみち》と通称されるものもあるのだと。

上道は、藤沢、横浜瀬谷、府中、狭山、寄居などを経て安中に至り、ここで中仙道と接続するようだ。

中道は、横浜上永谷、二子、中野、板橋、岩槻を経て、古河方面に至るもの（われらが城山通りなどもここに含まれるようだ）。

下道は、横浜金沢、菊名、大手町などを経て、松戸に至る。

鎌倉時代の政治、経済上の人流、物流の大きな流れがやっと理解できかけてきた。当方のカマクラ研究の起点に立ったということか？

だからといって、鎌倉街道全路線踏破などということは、当方の能力の限界を大きく超えているということは自明である。

鎌倉周辺図

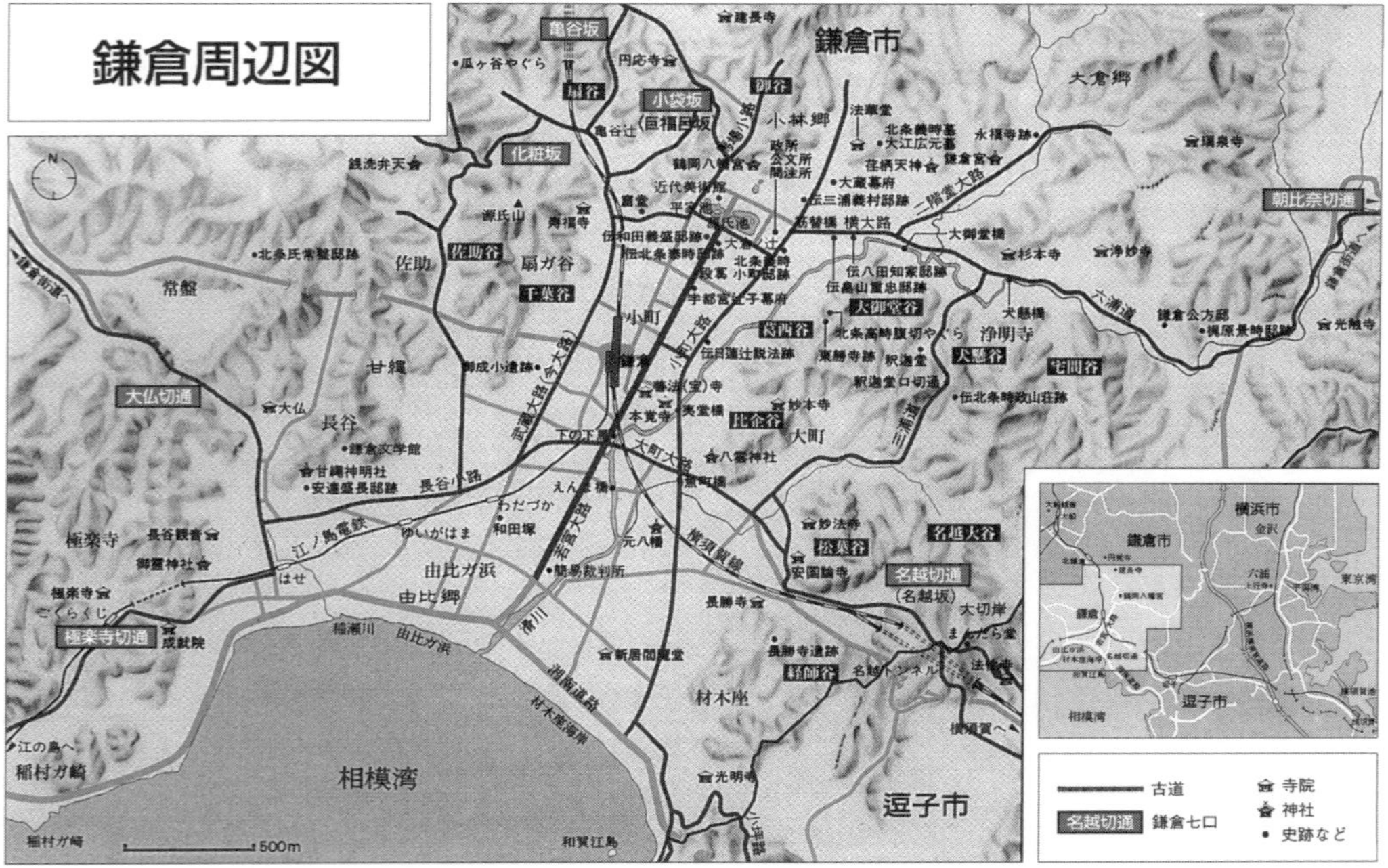

地図制作：TUBE GRAPHICS　朝日選書『中世の村を歩く』より

武蔵野マイウェイ　西国立から

海野弘氏の『武蔵野マイウェイ』という本が出版された。氏が健在であることを知る。海野氏といってもご存知の方は多くないと思う。平凡社に入社、雑誌『太陽』などの編集に携わったあと独立し、美術、映画、音楽や都市論などの分野で執筆され、著書は百を超えているとのこと。

あーた、百冊以上ですよ。出版業界におられた強みを持っているとはいえ、あたしらの業界で言うなら、きちんと査読を通ったpaperを百本以上書きあげている、といったらなんとなく理解できそうだと思う。

一時、当方も氏の著作を何冊か持っていたのだが、度重なる引っ越しの間に手放してしまった記憶がある。本というのはもちろん本文が必要であるが、編集、製本、美術などの職人技を要する総合芸術である。これからデジタル技術がさらに成長するのかもしれないが、すくなくとも今の時代で同列に置くことはできないと、守旧派の当方は思う。また飛躍したことを述べるが、本を読みながら考えること≒教養と置き換えて（おつむの単純な当方の受けとりとご理解いただきたい）。林真理子氏の文を紹介する。

教養（≒本を読みながら考えること：しつこいが当方の置き換え）というものは、持っていなくても充分生活出来る。そんなものがこの世にあると気づかないままに生きていくことだって出来る。しかしひとたび、それがこの世に存在していること、自分よりはるかにそれを所有している人がいることを知ると衝撃を受けるし、やり切れない思いになる。そして少しでもそれを得ようと努力しはじめるのではなかろうか。そこからすべてが始まると私は信じている。

いや、林氏を見直した。平易であるが霞が関人種などの作成するすかすかした文からは味わうことのできない表現である。そして教養を積めば積むほど自らに厳しくならざるを得ないものであろう。

はじめっから脱線してしまったが、この『武蔵野マイウェイ』の冒頭に、国木田独歩の「武蔵野」が出版されてから百年が経ったが私はたまたま武蔵野に住んでいて、ときどき散歩する。このごろ私も〈武蔵野〉を書いてみたいと思うようになった。私の好きな散歩道をすこしずつ、ゆっくりと書いてみたい。

と、述べ、また当方がせっかちで恐縮であるが、あとがきには、

私が記録したものは多くの失われたものであるが、読者はそこに今の武蔵野を重ね、なにがなくなり、なにが残り、なにが新しくつくられているかという、武蔵野の変化、歴史の奥行を見ることができる。そのような百年のパースペクティブのうちに武蔵野を見たいという読者は少ないかもしれないが、私はその人たちに向かって書きつづけてきた。

こういう達意な文を書けること自体、当方は氏に対し、羨望を覚えてしまう。今回は「西国立から国分寺駅前」を後追いしてみたい。

氏は西国立に降りて、そこからかつて訪れた古書店巡りを始める。西国立駅を、いかにも武蔵野郊外の駅という感じで好きだと記されている。このあたりは羽衣町という地名で、かつて立川が基地だった頃は、賑わった町ではないかと推測されているが、氏の執筆は二〇〇六年前後と思われるのだが、今回はその頃を偲ばせるような家はもう見当たらない。

しかもあまり天候も良くない。駅前の小さな商店街を抜け、羽衣中央通りに突きあたったところを右折し、通り沿いに歩く。通りは片側二車線、道幅はゆったりとしている。羽衣三丁目の交差点を左折し、宗教団体の建物の前を通り、立川三中北交差点のところで細い道へ右折する。東京女子体育大学の校舎の前に出る。グラウンドに、ハンドボールで五輪大会に出場した選手の写真が掲げられている。道沿いに「ヴィラ・デ・ムシカ」という看板が出ていたそうだが、今は見当たらない。校舎の前の通りをさらに左折、また元の通りに出る。角に体育大生たちのたまり場であるコンビニがあって、若い娘たちがおにぎりやパンをもりもり食べている、その若々しさに氏はみとれてしまった、という。そのコンビニの隣に、十万冊の在庫を有し、二階もある「ブックセンターいとう」という古書店があったという。そばに小さな公園があって、すべり台も置かれていて、ひまそうな老人たちが、ベンチに座っていたり、子どもがすべり台で遊んでいたりしていたという。

コンビニは今もあるが、周囲は整備された大きなマンション群になっており、古書店は見当たらない。氏の述べた小さな公園と思われるところにもすべり台は見当たらず、人の気配もなかった。氏の文章を引用する。

私はふと、この真夏の太陽の下を歩いていることがすばらしく思える。今、私はここを歩いている。それはかけがえのないことだ。なぜなら、いつか歩けなくなるだろうから…。だが、今はまだ帽子をかぶり、汗を流しながら、ここを歩いてゆける。

住宅の間のなにげない細道が、なんだかすばらしい道に思えた。

真夏の青空の下の透明な寂漠。氏の何気ない記述に当方感じ入ってしまう。無知を承知で書くが、鴨長明、近いところでは西田幾多郎などに通底する無常を感じる。知識がないのだが、国外の書物にも、このような表現はたくさん見出せるのだろうか。

コンビニ前の交差点を渡る、右側の広い敷地の中に何棟もの大きな建物があった。柵沿いに歩いていくと、「郵政大学校」の表示が見つかった。その道筋を歩き終えた角には「中央郵政研修所内郵便局」の表示があった。お役所カンケイの方々って長い名前大好きなのね。新入大学校生は、ここで実習をするのかしら？　ともかくその角を右折、バス通りを歩いていくと、やがて国立二小、国立音大附属校と続き、五叉路に出る。富士見通りらしい。

氏の記述を追っていくと、通りには二軒の古書店があり、音大附属高の前の「国立書房」は健在。ただし休日のためかシャッターが下ろされていた。さらにもう一軒「道化書房」があり、当時でもほとんど開けていないと記されているが、その所在は確認できなかった。中一商店街に進み、「コトノハ」といった店の看板を見つけたが、ここも営業しているのかどうか不明。その隣に、かわいらしい絵本を扱っている店があり、ちょうど女性が開店の準備をしていた。さらに通りの先の「ブックオフ」は営業中だった。さらに国立駅寄りの洋書の「西澤書店」は見つけられなかった。

さらに記述を追っていくと、国立駅前の三本の道路のうち、富士見通りにはしゃれた店が多く、中央の大学通りをはさんで、府中方面へ向かう旭通りは昔ながらのクラシックな商店街だという。

その旭通りを歩く。クラシックといっても今現在古い建物は見当たらず、比較的特徴のないビルが多い。その通りの入り口のすぐ左側の小路に「みちくさ書房」を見つける。

洋書や映画、音楽の本、ＣＤなども置いてある。店主も若く元気そう。またいろいろと商品を補充しておいてくれ給へ、と念じながら店を出る。考えてみたら、子どもが五〇円や一〇〇円のコインを握りしめて（近頃はカード決済なのか？）駄菓子屋をのぞくのと当方の行動と、どれだけの相違があるのやら？

再び旭通りに戻る。「谷川書店」があったというが、この店も見当たらない。

さらに進んで左側に「ユマニテ書店」を見つける。典型的な古書店の構え。今になって気がついたが、今日は西国立から傘をさしたり、すぼめたりしながら歩いておりました。

雨足が強くなり、客もおらず、手持ち無沙汰で奥に座っている大将に話しかけてみる。とっつきにくそうに見えたが、気安く返事が返ってくる（ヒトを外見で判断してはいけない）。なんでも「谷川書店」の大将は病気で亡くなり、大学通りに「銀杏書店」という店もあったが、かなり前に店をたたんだとのこと。

店の棚に並んだストックを眺めると、かなり古い本も見受けられる。今回は入り口の近くに重なっていた、樋口清之編の『史跡国分寺』という本を見つけ、求めた。ご当地資料といえなくもない。

店の前の停留所からバスに乗れば、黒井千次氏の作品や、我が同世代、忌野清志郎氏の歌で有名な「たまらん坂」を通るはずだが雨足も強くなってきた。今回はここで、打ち止めとする。

「ユマニテ」の大将、またね。

追記

　林真理子氏に関する記述は、氏が大学の理事長に就任されるニュースが広まるより以前に書いたものであることを、おことわりする。

武蔵野マイウェイ　小金井から

「小金井から」というタイトルだが、この章は府中から出発する。

毎度何も知らないと繰り返すのは情けないが、府中も当方にとっては、京王線の中の大きな駅、甲州街道に沿っている街、という程度の認識しか持ちあわせていなかった。

その不明を恥じ、まず府中駅で下車後、大國魂神社へ向かう。ちょうど七五三の時期でまだ感染対策がとられているなかではあるが人出は多い。立派なケヤキ並木の下を歩く。

この一帯は大化の改新時に遡り、武蔵国府が置かれた際に、武蔵国中の神社を一か所に集めてお祀りしたことに端を発し、大國魂神社として統合され創立したものとのこと。本殿への途中にある「ふるさと府中歴史館」の中をのぞく。市で作った資料集があれこれと置かれており、これもかなりな労力を要する作業の集積である。ありがたく頂戴する。

人間、ひからびてくると一層、歴史の中の土地の経過と、自分の立ち位置に興味が湧いてくるものである。国府のあった場所というのは、中世において、幕府が置かれてもおかしくない土地柄でもあったわけで、鎌倉がその位置を占めたのは、平べったいこの土地と比べれば、防衛に際して有利な要素が多かったのではないかとも思える（よく知らない）。

ひき返し、駅方面に戻り、甲州街道を渡り、よく整備された道筋を歩き、ルミエール府中という市の施設内にある中央図書館を訪れる。これも海野氏に教えていただいたところであるがコンパクトにまとまって快適な空間である。このぐらいの規模の町が二十三区より住みやすいかもしれないと想像する。どこかの雑誌のコラムで、定年を過ぎた「をぢさん」が時間を潰す場所は、図書館とチェーンのコーヒー店ぐらいしかなくなると書いてあったのを読んだ記憶がある。

好奇心のかたまりのような、池内紀氏や川本三郎氏なども、図書館の充実した町は住みやすい町であると述べておられた記憶がある。

館内で海野氏が探しておられた、段木一行著『武蔵野歴史探訪』という本を司書さんに頼んで出していただいた。海野氏の探したものが、ちゃんとすぐに出てくる、なんて当たり前と思うか、大変ありがたいと思うかはそれぞれの考えがあろうから感想は控える。ついでに探していた谷崎潤一郎全集を見つけ、一部をコピーさせてもらう。谷崎全集なんて、どこでも置いてありそうで、そうとは限らない。

図書館を出て、すぐ前のJR武蔵小金井駅行きのバスに乗る。小金井街道を府中の森公園の横を通り、東八道路を通り、貫井、そして終点の武蔵小金井駅前で下車する。京王バスの路線を走っていると、なんとなくゆったりとしていて乗り心地も良い。

中央線の駅を越えた先の角に「伊東書房」を見つける。海野氏が訪れたときにも閉まっていたというが今回もシャッターは下りていた。壁に何の節操もないように貼られた選挙のポスターやら自衛官募集のポスターやらが、建物を痛々しく感じさせる。念のため、隣の運動具店のお兄さんに尋ねたら、シャッターは下ろしているが、今もインターネット書店として営業を続けておられるとのこと。ひと安心である。

海野氏の行動に沿って、中央線に乗り、西国分寺駅で下車する。また書き遅れたが、氏がこのコースをたどったのは二〇〇八〜二〇一〇年頃と思われる。

西国分寺駅前から公団住宅の間の並木道を歩きはじめ（史跡通り、という名前がついているらしい）。この通りは自動車の進入が規制されているようで歩きやすい。その先に泉三丁目交差点の信号があり、広い通りと交差する。

交差点を越え、同じ道筋をさらに直進する。先に大きな建物と小高い丘が見えてくる。氏の文では公園の名前だけで案内しているので、なんともわかりにくいところがあるのだが、どうやら右側の大きな建物があるのは多摩医療センターの敷地のようである。道路の左側の団地に面した一隅に小さな広場があり「川越道広場」と記されていた。ということは、この道も鎌倉街道のひとつなのだろうか？　さらに先へ進む。

視野が広がってきた。その先は国分尼寺の跡だという。ここまで来て気がついた。何のことはない、ほぼJR武蔵野線に沿って歩いてきたのだ。線路を渡った先には国分寺跡もあるようだが、今回の目的は海野氏の歩いたあとを確認することであり、国分寺は、また次の機会にする。

国分尼寺の先には、ふつうの住宅街が連なっており、とにかく国立方面に行くには右の方向へ行かなければならないという思いで進む。

東八道路と標示された広い自動車道に出合う。ともかく右、と思い歩くと、また広い道路と交差する。長い信号待ちのあと、交差点を渡る。だんだん歩くのが辛くなってくる。交差点を渡り切ったところに右斜め前に細い道路があり、そこで出会った人に道を尋ねると、この道をずうっと歩くと国立駅に出る、と教えて下さった。その人は「でも……」と言いかけながら、信号が点滅しはじめた広い横断歩道へ急ぎ足で去っていった。

そのとき、その国立方面から小型バスが来て、すぐ前のバス停に止まった。

当方、歩く気力が失せ、バスに乗る。乗ってからはじめてこれは料金一〇〇円の巡回バスだと気がついた。

当方の計画では念願の「たまらん坂」に、どこかで出会うと期待していた。だがバスは今歩いてきた方角へと戻るように進んでいく。

途中遠くに「TOSHIBA」と描かれた高い塔が見えてきた。

バスは、正式には「東芝府中事業所」という敷地を大きく回り、いつの間にか府中駅前で止まった。ふり出しに戻ったようだ。

「たまらん坂」は蜃気楼のように当方の前から、面影を感じさせながら、いつの間にか消え失せていた。

こちらからユマニテ書店の前を通りたかったのに。

海野氏は、無事に国立駅に行き、前回の逆のコースで西国立まで歩いておられるのだ。氏が歩いて書かれた時点での氏が健在と確認したのは、ユマニテ書店、谷川書店、みちくさ書房、銀杏書房、西書店、ブックセンターであるが、当方が健在を確認できたのは、ユマニテ書店、みちくさ書房のみであった。

阿部薫がいた

このトシになると、ちょっとやそっとのことで魂消《たまげ》ることはないのだが。

ある日、カポネ氏（俗称。またどこかで紹介することになる）が、スマホの画面を当方に近づけた。そこに写っていたのは、当方の名前と年齢で、今より読みやすい字で書かれてあった。

「何ですかこれ？」

「ニュージャズホールの入場者の名前ですよ」と、カポネ氏が説明される。

「えぇー！」

五十年前のことである。犯罪だったら時効だって成立しているはずだ。そんな昔の当方が不良少年だった証拠が、いきなり眼前に突きつけられたのだ。一瞬声も出なくなった。

あの頃、新宿三丁目丸井の裏に、現在はピットインの事務所になっているところに当時のピットインのライブハウスがあり、そのわきの階段を上ったところに、元は楽器倉庫として使われていたようだが、数年の短い間（一九六九－一九七一年）、「ニュージャズホール」と称して、実験的な演奏の場が作られていた。

当方、休みになるとオヤのメをだまし、コヅカイをくすねて、不良活動をしていた。カポネ氏の兄上、副島輝人氏を中心にホールが運営されていた。その頃のニュージャズホールで出会ったと、確実に覚えているのは、沖至、翠川敬基、田中穂積、藤川義明、阿部薫、豊住芳三郎、原寮などのミュージシャンで、この時期に何人かのミュージシャンにも出会っているのだが、ここだったか別のスポットだったかは不鮮明である。毎回それこそ火花の出るような演奏を観ることができた。

阿部薫は、ニュージャズホールで二回、渋谷のプルチネラで一回、そして明大前のキッドアイラックホールでも観た気がするのだが今となっては記憶に自信がない。すこし前、ニュージャズホール五十年を記念して、さまざまな関係者のライブが催され、あの当時の記録も慶応大学にアーカイブとして寄贈された、とカポネ氏よりうかがった。

あの頃、山下洋輔、佐藤允彦をはじめ、多彩な才能が輝いていた。

そんな記念のライブで、ほんとうに久しぶりに沖至氏の演奏に接した。相変わらず、孔雀のような地味な衣装で、虚弱な当方を鼓舞するような激しい演奏を行い、そして最後に一転して「Lush Life」を、あま〜く吹いて、演奏を終えた。こういう演奏の「落とし」に、はまると当方など身体がぐにゃと変容してしまうのである。

それが沖至の演奏の聴き納めとなってしまった。「Lush Life」というのは、なにか象徴的な曲であったのかなぁと思い返すことがある。


阿部薫は、ジャズミュージシャンの誰に似ていたかと問われると、やはりエリック・ドルフィーだろうとは思う。

とはいえ、彼の演奏表現についてはとても当方には説明できない。

細くて小さい身体のどこから、あんな力とスピード感と発想が湧いてくるのだろうという驚きを毎回味わった。

郵便はがき

料金受取人払郵便

新宿局承認

7553

差出有効期間
2024年1月
31日まで
（切手不要）

1 6 0-8 7 9 1

141

東京都新宿区新宿1－10－1

(株)文芸社

愛読者カード係 行

お名前《ふりがな》			明治 大正 昭和 平成	年生 歳
ご住所《ふりがな》	□□□-□□□□			性別 男・女
お電話番号	（書籍ご注文の際に必要です）	ご職業		
E-mail				
ご購読雑誌（複数可）		ご購読新聞	新聞	

最近読んでおもしろかった本や今後、とりあげてほしいテーマをお教えください。

ご自分の研究成果や経験、お考え等を出版してみたいというお気持ちはありますか。

ある　　ない　　内容・テーマ（　　　　）

現在完成した作品をお持ちですか。

ある　　ない　　ジャンル・原稿量（　　　　）

書　名			
お買上 書　店	都道 府県　　　　市区 郡	書店名	書店
		ご購入日	年　月　日

本書をどこでお知りになりましたか?

1.書店店頭　2.知人にすすめられて　3.インターネット(サイト名　　　　　)

4.DMハガキ　5.広告、記事を見て(新聞、雑誌名　　　　　)

上の質問に関連して、ご購入の決め手となったのは?

1.タイトル　2.著者　3.内容　4.カバーデザイン　5.帯

その他ご自由にお書きください。

(　　　　　)

本書についてのご意見、ご感想をお聞かせください。

①内容について

②カバー、タイトル、帯について

弊社Webサイトからもご意見、ご感想をお寄せいただけます。

ご協力ありがとうございました。

※お寄せいただいたご意見、ご感想は新聞広告等で匿名にて使わせていただくことがあります。

※お客様の個人情報は、小社からの連絡のみに使用します。社外に提供することは一切ありません。

■書籍のご注文は、お近くの書店または、ブックサービス(0120-29-9625)、セブンネットショッピング(http://7net.omni7.jp/)にお申し込み下さい。

目前の演奏中の表情も陶酔の表情を伴った仏像のようで、男なのに当方も抱き寄りたい気分に襲われた。こんな気分に陥ったことはそれ以降にもなかった。

副島輝人氏の『日本フリージャズ史』から引用する。

阿部薫は、一九七〇年初頭、突如現われた彗星であった。それは太陽に逆らって天空を突き進み、十年と経たないうちに忽ち我々の視界から消えていった。しかし、この彗星の通過する背後には、常に暗黙の空間が顕示された。それは、この彗星の凄まじいスピード故であった。

阿部の生きざまを一言で言うなら、激しい直線なのである。彼の生涯――殊にミュージシャン生活が、そう永いものではなかったにせよ、この直線はどの部分を切断してみても、ほとんど等質で密度の濃い断面を見せる。それは、彼がフリージャズ界に登場した当初から、表現者として或る種完結した世界を持っていたということだ。後は、その世界を内に抱いたまま、どれほど遠くにどれほど速く進めるかの問題だ。だから、阿部は生き急いでいた。生き急ぐことから、あの激しさが表れたのだった。そして、生き急ぐということは、死に急ぐことでもあった。

（中略）

突然現れた二十歳の若者が、圧倒的な重量感とスピードを持っていたのは、驚くべきことだった。そして、それは彼の最後の演奏までいささかも損なわれることなく、一貫して続いた。

阿部薫は当時の当方に少なからぬ影響を与えた。そして半世紀を経て、阿部がどういう存在だったかという問題にはまだ答えることができない。

ただ、「時代」がどうの、とかでは説明できない天賦の才能を持った人物が、その才能を発揮するのに適した時代に現れることがあっても不思議ではない。

最近も、『阿部薫２０２０僕の前に誰もいなかった』という本が、大友良英氏他の著で出版されている。もちろん、彼の死以降にこの世に生を受けた方々の感想なども収められている。機会があれば一読をお勧めする。また、この本の中で大友氏は阿部薫が坂本九と、いとこの関係にあった、という全く思いもかけない事実を教えて下さった。

付記1
阿部をはじめて知った同じ頃、吉祥寺ロンロンの今と変わらない出入り口のホールで、藤圭子が、プロモーションに現れ、「圭子の夢は夜ひらく」を唄うのを観た。身体は小さく細く黒ずくめ、どうしたらあの声が出るのかと驚いた。五木寛之氏などに注目されていた頃のことである。

付記2
紹介した大友氏らの本に、阿部と高柳昌行が、今はない厚生年金会館小ホールで録音したLP「解体的交感」の現在の古物市場での値段相場の推移が載っていた。

これもまた、ぶっ魂《たま》消《げ》た（だんだんヒンが悪くなるのを恥じる）。

当方の手元に、数回聴いただけの全く新品同様のLPがある。もうLPプレイヤーも所持していないので、これの存在も全く忘れていたのだ。

よく「幻の名盤」が店の壁などに飾ってあるが、それらと比べても値が一桁違う。世界的にみても横綱級の値段であろう。自慢ではないが、当方、宝くじも、年賀はがきの景品もあたったこ

解体的交感　ニュー・ディレクション　　高柳昌行・阿部薫

とがない。唯一の当方のオタカラになった。でも、これどうしょうか？

付記3

カポネ氏から連絡があり、都民夜間外出自粛が解けない時期ではあるが、これも新宿二丁目の現在のピットインで纐纈雅代3 daysのライブ企画があるという。久しぶりに、纐纈雅代（as）、スガダイロー（p）、外川明（ds）の「生演奏」に接した。

　纐纈は、一日目からバド・パウエルの「Tempus Fugit」のハイスピード演奏を始め、当方が予測していなかったのだが、次から次、バラード主体の演奏を五十分、二本聴かせてくれた。

アンコールでは、なんとフラフープを腰で回しながら「The Way You Look Tonight」(「今宵の君は」)を一気に演奏する。終了後、さすがに息がはずんでいたが笑顔で挨拶してくれた。フラフープサックスの女王の誕生である。ほかにフラフープをしながら演奏するヒトなんて聞いたことがない。

ぢぢくさいが、若さをうらやましく思った。

やれ‼
やれ‼
もっと演れ‼
なんとも不快な日々の連続であるが、一筋の明るい光が見えてきたような一夜であった。

シリアのまぜご飯

「シリアのまぜご飯」と称する料理メニューが西参道の店で供されていた。内容を正確に説明するのは当方不得手である。だが、あえて大胆に説明すれば、トマト色のチキンライスは馴染みがあると思うが、かわりにライスに青いミントを混ぜて、すっきりと仕上げた一皿である。

はじめて味わった時、味覚に超保守的な当方、こういう大胆な料理が供されているのが、文明の衝突を容認する東京という街の奥深さなのか、と感動した。

一度注文したのが二度になり、三度になり、おそらく店が表のメニューに出していた時期の注文の半数以上は当方であった（どうせ誰に何度作ったなんて料理人も覚えていないから、古来から白髪三千丈の言葉もあるとおり、当方がそう確信しているといえば、それまでのことである）。問答無用である。

このような料理を創り上げた料理人は山谷小学校を卒業したと聞いたことがある。

つまり純粋の渋谷原住民でもある。

若き日、それこそ現在の眼もそむけたくなるような時代の前にシリアなどを歴訪し、帰国後、「無国籍料理」なる分野の店を開く。この分野の嚆矢となる。

このような人物の評価はむずかしい。天才料理人と言えば良いのか、単なる変わり者と言えば良いのか、当方は後者のほうだと思っているが、そんなことを言うと当方のほうがよっぽど変わり者だと反論してくることは明らかである。

料理人は繊細な調理をするが、職人気質で調理の材料の扱いや盛りがうまくいかないときなど、客席と厨房の間に韮崎から運んできた木製の食器箱があり、直接調理を見ることができないのだが、その食器箱越しに、「ちくしょう」だとか「あー」だとか白熱の声が飛んできて、それがまた店内の雰囲気に興を与えるのである。たとえばフルートのジェレミー・スタイグや、ベースのメイジャー・ホリーが演奏しながら自分で一緒にハモるでしょう。それに似かよって、とても臨場感あふれる（?）料理ができあがるのである。

同伴者のご婦人は松田優作世代の方で、感受性豊かで、お茶やお花もよくし、店内外の装飾に、独特の色合いや柔らかな雰囲気を作り出していた。

私事になるが、当方、以前オランダや北欧の街を歩いて窓がぴかぴかに磨かれた店（や家）は心豊かな人のいる店（家）だと実感して、確信に至っているのだが、この店も窓がぴかぴかでとてもきれいな店だった。

ご婦人は、お召し物は黒がお好きで、ちょうど、浅川マキ、藤圭子など黒を基調とした女性が当方の目の奥に多数焼きついていた時期があり、いつか何も書くことがなくなったら「黒の世代と女たち」というタイトルの文を書いてみたいと思っている。（書けないだろうな、やっぱ）。とりあえず、タイトルの著作権だけは確保しておきたい。


当方、一時近所に住んでいたことがあり、その頃には、よく浅利慶太氏とその取り巻きが店に顔を出していたことを覚えている。

同じことを何度も書いているが、最近直木賞を受賞された馳星周氏が往時のこの店を描写していることを、あらためて紹介したい。

とある夕刻、その店で食事をしていると、ご婦人が、ちょうど店内にいたある客を紹介して下さった。

当方よりひとまわり上の年代の方で、外見で人を判断するのは良いことではないが、銀行員とか教師の仕事をしていたというようには見えない方であった。よく考えたら、この店の料理人もご婦人も、そうであったのだが。

その方が、副島輝人氏の弟さんだと教えていただいた。

余談ながら、当方もスーツが合わない。芝居でいったら、壁のほうに並んでいる黒子その一、その二に分類されるのであろう。

『ＯＮＫＥＬ』

以前、『危険な関係』を観た映画館で、『ＯＮＫＥＬ』（邦題『わたしの叔父さん』）という映画が上映中であることに気がついた。こういうものは、まず上映していることに気がつくこと、運よく観にいく時間を調整できる、というこの二条件が最低限備わってなければならない。今回は幸運であった。この作品が、東京国際映画祭でグランプリを得たものであるということも館内ではじめて知った。

舞台はデンマーク、ユトランド半島の北海側、ドイツとの国境から遠くないところ。きちんと調べていないが、過疎の地域であろう。

酪農農家の二十七歳のクリスは、十四歳のときに父と兄弟を亡くし、今は下半身に麻痺のある叔父さんと暮らしている。毎日牛の世話に従事し、週一回スーパーマーケットに買い物に行く程度の淡々とした生活を送っている。

クリスは大学進学の資格は持つが、進学を諦めて叔父さんの世話をしている。近くに住んでいて世話になっている獣医師はクリスの腕の良さを見込んで、彼がコペンハーゲンの獣医学校で行っている講義に同行しないかと勧めているが、叔父さんが心配でその申し出を受けられないでいる。

同じ頃、教会で知りあった青年マイクからデートに誘われる。ところがレストランにも叔父さんも一緒に連れていくような具合である。

ある日、クリスは、決断して獣医師に同行してコペンハーゲンへ向かった。学校から叔父さんが心配で電話をかける。だが叔父さんは電話に出ない。それから……。

クリスは、新しい人生の選択に悩みながら行動をおこしたが、今回はまた今までの日常に戻っていく。だが、これまでとは微妙に異なった生活が見えてきそうである。

この映画の撮影に使われた家は、実際に叔父さん役の方が住んでおられる家であり、出場したクリスや住人もこの地域の人たちで、実際に酪農や獣医師の仕事に従事している人たちだという。

デンマークの農村の美しい情景を、固定カメラを主に使い、クローズアップを回避し、シーンの全体をローアングルで映すマスターショットを多用している。台詞も少なめで、激しい感情表現を抑えている。

叔父さんの家のテレビから流れてくるニュースも、アメリカのハリケーンのニュース、地中海の難民のニュース、北朝鮮の核実験のニュースなど、撮影中の同時進行のニュースがそのまま使われている。

この映画のパンフレットの中で、芝山幹郎氏が、この映画にはミニマリズムの要素がたくさん含まれているが、だからといって「シンプルこそ最高」という、世にありがちな原理主義を押しつけてはいない、と述べておられる。

この映画を観た人それぞれが、一見何の変哲もない日常を描いた作品の印象を考えなければならない作品である。それぞれの生き方というのは、そんなに簡単なものではないし、誰が勝ち、誰が負け、と判定できるものではない。

監督のフラレ・ピーダセン自身も、一九八〇年生まれのこの地方の出身者で、小津安二郎に大きな影響を受けたことを述べている。当方が世界の監督の名前を知らないので片寄った紹介になるが、ヴィットリオ・デ・シーカや是枝裕和氏なども尊敬しているると述べている。

ふり返ってみると、楽しかったということだけが思い出として残っている旅というものがある。尻ポケットに入るモノがひとつあれば何でも解決できる（という信念を持っている友人もたくさんおられる）今の時代ではなく、異郷の地で、ひとつひとつの行動が、先の見えない冒険だった時代のことである。

休日を利用して、その頃の住居からまだおむつのはずれていない豚児を車に乗せ、フェリーを利用して、デンマークへ二泊三日の旅をした。

ヘルシンボリからエルシノアに渡り、クロンボー城のそばを通り、コペンハーゲンに着き、安宿に泊まり、翌日フュン島に渡り、オーデンセで観光客の型どおりアンデルセンの家を見学し、ユトランド半島を北上し、オーフスを通り、スカゲラク海峡を臨むスケーゲンで同地を題材にした絵が描かれた海岸を見、クロに泊まり、翌日はフレデリックスハウンから、再びフェリーを利用し、ヨーテボリに戻った。

不安ばかりだったが、期待がそれ以上に大きく抱ける時代が当方にもあった。

デンマークは、当方の観光旅程で大雑把に回れる広さで、あまり土地の高低の差もなかった。今、地図を見直すと、『ONKEL』の舞台は、ユトランド半島のかなり左（というのか？）の海沿いであり、国外の観光の周遊コースからは、はずれている。

日本を出る前までは、当方、パン嫌いではあったが、この旅で寄ったコペンハーゲンで食べた、ごくごくふつうのパンが美味しく感じられ、牛乳やハムもこんなに美味しいものかと驚いた。ごく単純に当時の日本での気候や湿度の影響も含めたパン食環境の貧しさに由来するものであったのだろう。それ以来パンに対する偏見は消え、昨今ではライ麦のクネッケにも病みつきになっている次第である。

ただ、食べ物、飲みものというのはどこでも、その土地のなるべく地産地消の素材を生かした上での、simple is bestだと思う。あんまりあれこれデコレーションのついたものには食指が至らないし、値段が高ければいいというものでもない。

現在の事情は不明だが、当時デンマークの各地に「クロ」という、イギリスのbed & breakfastにあたる宿があって、あのとき一泊したクロでは、オーナーが一人で出迎えからベッドメーキング、食事の用意もしていた。朝食には、それこそパン、ハム、サラダなどほんの一組の客なのにいわゆるバイキング風に盛られていて、ゆったりと食事を味わえた。またあんなところに泊まってみたいと今でも思い返すことがある。『ＯＮＫＥＬ』の画面の中で驚いたのが、コペンハーゲンに宿をとった、獣医とクリスが夕食に立ち寄ったのが、なんと回転寿司の店で、もちろん当時はなかった。ピーダセン監督としては、自分の出身地でもある、パンとハム主体の食事をとるユトランド半島のイナカの人が、コペンハーゲンに「上京」したときに立ち寄る、魚料理のエキゾチックな店として、新鮮味を感じての発想だったのかと、妙に心に残る場面であった。

さて、小津安二郎である。

当方、『東京物語』は、きちんと見たはずであるが、細いところまで覚えていない。ほかに何本か監督作品を見ているはずだがタイトルとあら筋がよく思い出せない。

小津安二郎は一九〇三年十二月十二日深川に生まれ、一九六三年のなんと誕生日のその日に六十歳で亡くなっている。

すこし古い話になるが（以下貴田庄氏から引用）、イギリスの歴史ある映画専門誌『サイト&サウンド』において十年に一度発表された映画ベストテン、ウディ・アレン、マーティン・スコセッシ、クエンティン・タランティーノ、フランシス・フォード・コッポラなど世界の名だたる映画監督が選考した集計結果で『東京物語』が第一位に選ばれている。ちなみに第二位が『市民ケーン』、第三位が『2001年宇宙の旅』、第四位が『8½』。

小津の『晩春』なども高い評価を得ている、ということを記しておきたい。

これも、当方が監督を、あまり知らないのだが、『ベルリン天使の詩』などで有名なヴィム・ベンダースが小津を礼賛する『東京画』という映画をつくり、その紹介のナレーションの一部を紹介すると、

彼の四〇余年にわたる全作品は

日本の生活の変ぼうの記録である
描かれるのは日本の家庭の緩慢な崩壊と
アイデンティティーの衰退だ。
だが進歩や西欧文化の影響への批判や
軽蔑によってではない。
少し距離をおいて失われたものを懐かしみ悼みながら物語るのだ
だから小津の作品は
最も日本的だが、国境を越えて理解される

追記
『ＯＮＫＥＬ』を上映していた映画館は、この上映を最後に感染症の拡大によって閉館した。

今頃やっと『東京物語』

これは語呂あわせのつもりではないが、しかし東京というのはほんとに恵まれた文化状況にあるなあと実感した。

『東京物語』や小津のほかの映画ももいちど見返してみなければいけないなあと考えていたら、ちゃんと新文芸座で「小津安二郎の世界」の企画をおこしてくれた。最近の映画はほとんどデジタル・リマスター版になり、ＤＶＤなどでも容易に入手可能ではあるが、やむを得ない場合を除いてレンタルビデオや動画などで鑑賞するのは、邪道である。ハコの暗がりで鑑賞しなければならない。

当方、実はこの新文芸座に入るのは今回がはじめてである。しかも内装などの補修のため近々一時休館の予定であるという。時の移ろいの早さよ。

新文芸座ははじめてでも、文芸座の地下は何度も利用した。これは、誰にもうちあけたことがなかったことであるが、いつもクールで涙など流さない当方が（本人がそう言っているのだから、あらそうでしたか、と軽く受け流していただければ幸いである）、三本立ての映画の合間の時間に流れてきた五木ひろし氏の唄う「灯りが欲しい」を聴いて、不覚にも涙を流したことがあった。あの頃、五木氏が登場するＴＶ画面などを見ると、なんとも面映い気分になったことがあった。

『東京物語』を観たことがある方が大半であろうが、観たことのない方は不幸な方である。残された人生の日々のなかで一度は鑑賞されることをお勧めする（その際にはＤＶＤ等でも可とする）。筋も、あまりにも有名なので、詳しく紹介することは、かえってむずかしいが、入門者への案内と当方の知識の整理（ほんとは後者の意味あいが大きい気もする）のため、記してみる。

『東京物語』は一九五三年撮影、十一月に一般公開された。画面に出てくる風景、風俗にしても当方の幼少の記憶に重なるものが多く思いおこされる。

たとえば男は外出のとき、観光も含め背広、ネクタイ姿で出かけ、帰宅すると室内は浴衣で過ごす、あるいは温泉旅館の光景など、そうだったんだなあと思い返す場面が、たくさん盛り込まれている。小津のエピソードや映画論などもとても目を通すことがないほど多く出版され、『東京物語』の映画一本だけを記しても、一冊の本にまとまり切れない内容になる。

そうした著者のお一人、貴田庄氏の著作から再び引用させていただく。

配役は、

平山周吉（70才）　笠　智衆

（年齢は映画の役の年齢　以下同じ）

平山とみ（67才）　東山　千榮子

ふたりの長男（47才）　山村　聰

長男の嫁（39才）　三宅　邦子

長女（44才）　杉村　春子

長女の夫（49才）　中村　伸郎

次男の未亡人（28才）原　節子
三男（27才）大坂　志郎
次女（23才）香川　京子

家族以外の重要な役どころとして、十朱久雄、長岡輝子、東野英治郎、高橋豊子（当方不詳）、桜むつ子、ほか。

今からみると、当時でも、それ以降も、演劇界の大スター総出演の観がある。

ごく大雑把な筋は、尾道で暮らす、役所を退職し、妻と、地元の小学校教員をしている次女と暮らす笠智衆の老夫婦（笠智衆このとき実年齢四十代である）。

老夫婦といわれるとカチンと感じる方々も多いと思うが、この頃の日本人の平均年齢七十歳前後、国民皆保険制度が確立したのは一九六一年である。その老夫婦が、東京で独立した家庭を営む（三男は大阪で国鉄職員）子どもたちの家を訪れようと上京する。堀切駅近くで開業する山村聰の家は、自宅に患者と子どもたちが出入りする零細診療所（この設定だけは当方にも現実味を帯びてうけとめた）、杉村春子も美容院を営んでいるが日銭暮らしに近い経営内容、上京した両親の世話をする余裕もない。次男の戦争未亡人の原節子だけが、二人の世話をする。だが原節子と（横浜、平沼の同潤会アパートをモデルに設立したそうだが）共同便所、共同流し、一間だけのアパート住まいである。

それぞれ出演者の演技は小津の指示として表情は極めて抑えられ、撮影は有名なローアングル、移動の流れを抑えた固定画面、画面のフラッシュバックをしないカーテンショットなどの技法で撮影されている。

老夫婦のはとバス観光旅行などに出てくる銀座や寛永寺などの画面、熱海の海岸などの画面も、当方にとっては逆にとても新鮮で、今はない北千住の四本煙突も、この映画でないと見られないような歴史的な価値もあるし、堀切や荒川放水路などの撮影での利用は、おそらく小津が荷風を読んでいたことに何らかの関わりがあるような気がする。

もう十年くらい前になるが、山田洋次氏が現代の『東京物語』の映画を発表されている。当方見逃したが、長男の診療所の内装は、当方の知人の診療所を参考に作られているはずである。

小津生誕記念百年のシンポジウムの内容をまとめた本を読む機会があった（前にも述べたが小津は一九〇三年生まれ－一九六三年の誕生日のその日に亡くなっている）。

現役時代の小津の近くにいた吉田喜重氏は、小津は俳優を「俗なるもの」と「聖なるもの」とに使い分け、『東京物語』では原節子を「聖なる女優」、杉村春子を「俗なる女優」として描き、笠智衆は「俗」と「聖」との間を行ったり来たりできる俳優として描いている、と述べ、小津はまた、観客に映画を見せるのではなく、観客が自由に映画を見ることを願った。それが小津作品が意味を明確にせず、曖昧なままに諦めて終わる理由なのです、とも話しておられる。

基本知識が不足している当方にとっては、これから小津映画を見ていく上でのひとつの参考になるのではないかと思う。小津の映画を何度もいろいろな角度から焦点をあててみたい。

『東京物語』の中の尾道の画面に対する感想はと、もし問われても、今の当方には答えようがない。だって行ったことがない。これから寄れる可能性も残念ながら言えない。見たことのないものは書きようがない。

この新文芸座新春興行で観た映画の印象を備忘のために記す（当方すべて初見）。

『晩春』

北鎌倉に住む、やもめの父親笠智衆は、自分の身のまわりを心配して結婚をためらう娘原節子を案じて、自分は再婚するからおまえも結婚しろと勧める。そんなこんなで縁談がまとまった娘との思い出に、二人で京都へ旅行に行く。もちろん新幹線のできる前の時代である。ちなみに娘の新婚旅行の予定地は湯河原である。小津は、映画の舞台に象徴的な場所を使うことがあるようであるが、東京下町生まれ育ちの小津が、京都の風景として描かれるのは、清水寺と八坂の塔であった。

『東京暮色』

夫と二人の娘を残し、別の男と出奔した元妻山田五十鈴は、人知れず東京に戻り、麻雀荘を経営している。娘たち長女原節子、次女有馬稲子は偶然母親と再会したが、母親を許さない。ある日、次女有馬稲子は妊娠する。相手は母の麻雀荘に出入りする男（高橋貞二だったと思う）。次女は妊娠中絶に至る。「あたしは生まれて来なかったほうが良かった」という次女の言葉が重々しい（蛇足だが、産婦人科での中絶料金は三〇〇〇円に設定されていた）。

夫笠智衆、元妻、長女、次女、それぞれ、とても陰うつな背景を抱え、希望が見出せないまま映画は終了する。

小津はこの作品に、ある思い入れを抱いていたらしい。

だがよくわからないのがこの映画の最後の場面で山田五十鈴が麻雀荘を閉め、男と北海道へ移り住むことになるのだが、夜行の上野駅のホームで、誰か旅立つ人を送るために流れてきたのが明治大学の校歌で、長い時間大きな音で流れていたこと。これがよくわからない。どなたか教えて下さい。

『お早よう』


「総天然色」映画である。

白黒テレビや洗濯機を持つことが憧れだった時代の情景である。郊外の文化住宅に隣りあわせで住む家族たち（自分の家の玄関戸を開けると、すぐ前に別の家の玄関があり、話しかければその家に伝わる）を描いている。

場所は、家々のすぐそばに高い堤防があり、ということは荒川放水路、「寅さん」の舞台とかなり類似しているという印象を持った。山田洋次氏も少なからぬ影響を受けておられるような気もする。

しかし、出演する子どもたちが元気である。おそらく当方と同年代、あるいはすこし年上だろう。出演した方々に映画の思い出を聞くことができたらいいなとも思う。

叱られた子どもたちが家のおひつを盗み出して土手でご飯を食べる場面がある。外の食事というのも小津はよく場面設定に使っているそうだが、なんとなく当方の小さい頃の記憶を思い出してしまう。

父親の笠智衆が子どもを「女の腐ったような～」という叱り方をしたり、今回の小津の作品に共通して、やたら煙草のけむりがあふれているのなども、「あの時代」の記憶として貴重だと思う。

何の脈絡もなく思いついたのだが、小津の映画製作のもとにあるのは、自身の戦争体験なのではないかと思う。その経験が戦後の作品に大きく反映している気がする。小津のすごさは、日本人の日常のなんでもない生活描写を映画として世界の誰にでも（と言い切ってよいと思う）理解できる共通の表現としたことである。

さらに蛇足ながら、小津は荷風にある程度の影響を受けていることも確かである。

蘆刈

前田珈琲で朝食をとり、四条烏丸から地下に下りて、チョコレート色の電車に乗りこむ。むかーし京浜線に同じような色合いの電車が走っていた記憶があるが、おのぼりさんにはシックな色合いに感じる。電車が地上に出ると、右側に冷えた空を背景にくっきりと比叡山がその全容を現す。なんとはなしに当方の気も引き締まってくる。

水無瀬駅に至り、ホームを降りたら、薄い板子一枚をはさんだ隣を新幹線が走り抜け、その音圧に思わずよろけそうになる。手荒い歓迎である。地図の下調べで、鉄道や道路がひしめく狭隘の地だろうと予想はしていたが、いやはや。新幹線の線路の先が淀川の方向だろうけれど、高層のマンション群が立ち並び大阪のベッドタウンなのかしらと、これも思いがけない印象を持つ。

神宮は今来た方向に戻ればよいのだろうと、改札を出て右折、線路の堤沿いに歩く。犬を散歩させている人に何人も行き違う。はじめて来た地というのはどこでもそうだ

水無瀬神宮

けれど、目的地はまだ先なのか、この道で間違っていないかと歩いていても心細くなりがちである。やがて道を左側に折れると高い樹々の茂った境内が見えてくる。ここが水無瀬神宮らしい。とりたてて広い境内でもないし、ありふれた社殿である。新年を迎える社内の作業はこれからしく縁起物を渡す場所の設営もまだ始まっていない。それなのに駐車場に車が多くとまっている。

どうしたのかといぶかしげに近寄ってみると、境内に井戸があり、日本の名水百選に指定された「離宮の水」と名付けられ、その水を汲みに来た方々の車のよ

水無瀬川

うである。

この社は明治のはじめまでは神式仏式混交であったが、明治六年に後鳥羽、土御門、順徳の三帝を祭神として分祀、昭和一四年に神宮号を賜った、と案内に記されている。

宮司さん（であろう）に、水無瀬川の方向への道を教えてもらうが、「あっちのほうは河口にかけて何もありませんが」という返事をもらう。社を出て民家や畑の間をさらに進むと堤が見えてくる。これが水無瀬川らしい。時期によるのかもしれないが水量は多くない。というより涸川である。文字どおり水無瀬である。

川の堤に沿って交通量の多い道路のアンダーパスを抜ける。この上の道路が国道一七一号線。なんとも頼りのない川の流れの先を追うと、それこそ蘆荻の生い茂る草地に至り、その先に水量のある川が見えてくる。これがおそらく（淀川になる前の）桂川なのであろう。交通量の多い道路を横断した角に「元開栓」と名付けられたコンクリートの足場があった。水門なのだと思う。立ち入り禁止と標示されているが、草地に歩けそうな場所が見当たらないので、ほんのちょっとの間足場の上に下りる。このあたりまで来ると周囲の視野が大きく開けてくる。さらに川の先には穏やかな山々が見え、今来た側をふり返ると、天王山に連なる山々が臨める。その山々の中腹にビール工場やウイスキーの蒸留所などの大きな建物が目にとまる。なるほどこのあたり一帯は地下からの水にも恵まれているのだろう。

このあとは、谷崎潤一郎の『蘆刈』を読んでいただきたい。

むかしわたしは始めて『増鏡《ますかがみ》』を読んだときから此《こ》の水無瀬のみやのことがいつもあたまの中にあった。見わたせばやまもとかすむ水無瀬川ゆふべは秋となにおもひけむ、わたしは院のこの御歌がすきであった。あの「霧に漕ぎ入るあまのつり舟」といふ明石の浦の御歌や「われこそは新島守よ」といふ隠岐《おき》のしまの御歌などいんのおよみになったものにはどれもこれもこころをひかれて記憶にとどまっているのが多いがわけて此《こ》の御うたを読むと、みなせがはの川上をみわたしたけしきのさまがあはれにもまたあたたかみのあるなつかしいもののようにうかんでくる。

そして、

わたしはやしろの境内を出るとかいどうの裏側を小径《こみち》づたいにふたたびみなせ川のほとりへ引き返して堤の上にあがってみた。川上の方の山のすがた、水のながめは、七百年の月日のあいだに幾分かちがって来たであろうがそれでも院の御うたを拝してひそかに胸にえがいていたものといま眼前にみる風光とはおおよそ似たり寄ったりであった。わたしはだいたいこう云う景のところであろうとつねから考えていたのである。それは峨々《がが》たる峭壁《しょうへき》があったり岩を噛む奔湍《ほんたん》があったりするいわゆる奇勝とか絶景とかの称にあたいする山水ではない。なだらかな丘と、おだやかな流れと、それらのものを一層やんわりぼやけさせている夕もやと、つまり、いかにも大和絵にありそうな温雅で平和な眺望なのである。なべて自然の風物というものは見る人のこころごころであるからこんな所は一顧《いっこ》のねうちもないように感ずる者もあるであろう。けれどもわたしは雄大でも奇抜でもないこう云う凡山凡水に対する方がかえって甘い空想に誘われていつまでもそこに立ちつくしていたいような気持にさせられる。

谷崎は、この淀川から水無瀬川の交わるあたりに、後鳥羽殿は何万坪という広荘な庭園を有していたのだろうと推測している。

その一角に釣殿が設けられ、院以下は淀川の下流にあたる江口や神崎から遊女や白拍子を招き、今様をはじめ歌舞音曲の催しを開き、遊興の時を過ごすことがよくあった。

建仁二年（一二〇二年）五〜六月にかけて、この離宮の催しを実質的に管理していた藤原定家は、院と二者だけの歌合わせを下令された。もちろんこれ以上の名誉はない。「水無瀬釣殿当座六首歌合」というのがそれで、この年、院二十三歳、定家三十九歳。

丸谷才一氏によると、その折も折、水無瀬川の氾濫で、定家は陸路、馬で離宮に入れず、舟を使いやっとのことで離宮に辿りついた。

一方、院は洪水を楽しんだのか平気で舟に乗って「水御遊」をしたり、離宮内に招いた六十有余の白拍子たちと戯れたりしていたという。定家は遊女をあてがわれても、同じ宿舎に入れるのをことわっていたという。

丸谷氏からの孫引きになるが、小島吉雄氏は日本の文学史の本筋にあるのは勅撰四歌集で、その中でも一番重要なのは天皇（帝）の和歌であると述べておられるそう。よく知られていることではあるが歌の最終選択をするのはもちろん帝である。だが、新古今和歌集に採択された和歌の数が一番多いのが西行の九十四首、天台座主であり九条（藤原）兼実の弟でもある慈円九十二首、次が藤原良経七十九首で、この人たちの作風はファンキーなものであり、後鳥羽院の嗜好に比較的合った。いわばうだつの上がらない中級官僚（とはいっても、階級のかなり高いところにいる）藤原定家の作風は比較的スクエアなのだそうである（当方には解釈できる能力はない）。

後鳥羽院は、文武両道に秀でていて蹴鞠、乗馬などにも秀で、競馬、闘鶏、相撲、水無瀬では鹿狩りなども楽しみ、自ら剣鍛冶にまで挑んだという。歴代天皇の中にあっても活動性の高い後鳥羽院であるが、これは、宝剣を欠いたまま即位した院の大きなコンプレックスに由来するのではないかという説もあるようだ。

だが、この水無瀬も、承久三年（一二二一年）五月承久の変のあとには主を失った地となる。後世からふり返ると、定家はこのあと小倉百人一首などをまとめ、正二位まで昇りつめ、八十歳で天寿を全うし冷泉家の祖として今に伝わるという大きな仕事をなし遂げたことになる。歴史上の評価とは、むずかしい。（追記参照）

「蘆刈」に戻る。九月のある日、「わたし」は国鉄山崎で降りて水無瀬の離宮付近を散策し、いつの間にか黄昏が迫りくる頃合いになってくる。

もとより気の利いた料理屋などのある町でないのは分っていたから一時のしのぎに体をぬくめさえすればいいのでとある饂飩《うどん》屋の灯を見つけて酒を二合ばかり飲み狐うどんを二杯たべて出がけにもう一本正宗の罎《びん》を熱燗《あつかん》につけさせたのを手に提《さ》げながら饂飩屋の亭主がおしえてくれた渡し場へ出る道というのを川原の方へ下って行った。亭主はわたしが月を見るために淀川へ舟を出したいものだがと云うと、いやそれならば直《じ》き此《こ》の町のはずれから向う岸の橋本へわたす渡船《とせん》がございます、渡船とは申しましても川幅が広うございましてまん中に大きな洲《す》がございますので、こちらの岸から先ずその洲へわたし、そこから又別の船に乗り移って向う岸へおわたりになるのですからそのあいだに川のけしきを御覧になってはとそうおしえてくれたのである。

ひとりそんなふうにかんがえつづけていたわたしはあたまの中に一つ二つ腰折《こしおれ》がまとまりかけたのでわすれないうちにと思ってふところから手帳を出して月あかりをたよりに鉛筆をはしらせて行った。わたしは、まだいくらか残っていた酒に未練をおぼえて一と口飲んでは書き一と口飲んでは書きしたが最後の雫《しずく》をしぼってしまうと鬢《びん》を川面へほうり投げた。と、そのとき近くの葦の葉がざわざわとゆれるけはいがしたのでそのおとの方を振り向くと、そこに、やはり葦のあいだに、ちょうどわたしの影法師のようにうずくまっている男があった。

当方は水門から一七一号線を渡り、西国街道の旧道にあたるのだろう道を歩き、離宮八幡宮を通り、ＪＲ山崎駅から帰路につく。谷崎の「わたし」とは反対の方向から神宮に至ったらしい。

追記
「正二位」は摂関家以外では最高位である。

男山

京都駅から近鉄に乗り丹波橋駅で京阪電車に乗り換える。伏見桃山駅、中書島駅を過ぎた頃から宇治川に沿い電車は進む。淀駅にさしかかる頃から右側は一面平坦な草っ原、左側に京都競馬場が見え、そのあたりだけ雑然とした雰囲気を感じる。電車は再び宇治川を渡り、木津川を渡り、石清水八幡宮駅に着く。誤っていたらお許し願いたいが、中書島駅から淀駅、競馬場も含んだ一帯が巨椋池のあとなのだろうか。右側も砂州のもたらす地形のような気がする。このあたりは能の物語の舞台になったところもたくさんあり、「放生川」も、この八幡宮の近くだったと記憶している。

駅を降りてすぐのところで参宮ケーブルにつながっている。

八幡市のガイドマップを引用する。

八幡宮が鎮座する場所は、平安京の裏鬼門にあたる男山、（中略）日本三大八幡宮のひとつであり、伊勢神宮に次ぐ国家第二の宗廟とされてきました。（中略）創建から長い時を経て今なお、「神も仏もあらゆるものを受け入れて、生きとし生けるものを慈しむ」という、日本独特の宗教文化を伝える。（後略）

そうだったんですか。以後、敬いの念を持ってお参りいたします。

という舌の根も乾かないうちに社殿への道を進まず、そそくさと展望台へ続く山道を進む。展望台に着く。広い視野が開けてきた。

ほぼ正面に比叡山が遠望される。左側に天王山に連なる山々が見える。その手前に京都市街が一望のもと。さらに展望台のすぐ下方に宇治川、木津川（だろう）が確認できる。案内板があり、現在の風景とその案内板の建物の数が異なっているように見えるが、それでも京都の全体像が俯瞰できる。右のあっちのほうが宇治で、それよりすこし中側、当方の以前の記憶で近くに京セラのビルが確認できる、ということは、あの近くに城南宮があるだろう。だが京都市街、京都タワーは当方の老いた眼では確認できない。

当方にとっては、まさに絶景である。今まで市内を歩いてきて、刷り込まれた京都＝鰻の寝床というイメージが強くて、その地政学的な意味が、理解できてなかったのだ。

たまたま、先に観た小津の作品、『晩春』で娘、原節子の結婚が決まって、父、笠智衆と婚前に親子水いらずの旅行に京都へ出かけ、訪れた先は清水寺と八坂の塔であった。それはそれでいいのだけれど、なにかこれが京都なのだ文句あるか、というステレオタイプな印象がありますでしょ？

そして、ここからの風景は『梁塵秘抄』の舞台を確認するのに、とても役に立つ。当方、デキの悪い生徒なので、西郷信綱氏、植木朝子氏の教えて下さることを丸ごと引用するようになるが、言うまでもなく『梁塵秘抄』は後鳥羽院の祖父、「日本一の大天狗」後白河院の編纂した今様を集めたものである。後白河の母は待賢門院璋子で同腹の兄に崇徳天皇がいる。

そこに収められた今様の内容は多岐にわたる。神仏などの信仰に関するもの、恋の世界あるいは親子の情愛に関するもの、躍動する動植物を描写したもの、後世の御伽草子の先駆とも評される、都市の賑わい、芸能の熱狂などなど。

『梁塵秘抄』は明治末に偶然その一部が発見され、斎藤茂吉、北原白秋、芥川龍之介、佐藤春夫、川端康成、三島由紀夫ら多数が影響を受けているという。

展望台の視野から当方が確認できた秘抄の舞台に関して例を挙げると、たとえば、

をかしく舞《ま》ふものは　巫《かうなぎ》　小楢葉《こならは》　車《くるま》の筒《どう》とかや　平等院《びやうどうゐん》なる水車《みづぐるま》　囃《はや》せば舞《ま》い出《い》づる蟷螂《いぼうじり》　蝸牛《かたつぶり》（三三一）

たとえば、

いざれ独楽　鳥羽の城南寺の祭見に　われはまからじ恐ろしや　懲り果てぬ　作り道や四塚に　焦る上馬の多かるに（四句神歌・雑・四三九）

たとえば、

山鳩はいづくか鳥栖石清水　八幡宮の若松の枝　（二句神歌・神社歌・石清水・四五九）

再びケーブルで男山を下り、木津川と宇治川に架かる橋の上を歩く。こんなに広々とした景色が見られるとは想像していなかった。橋の上をサイクリングの人たちが何人も気持ちよさそうに走り抜けていった。

そこに置かれた案内で木津川と宇治川の間の背割堤は桜の名所と知る。来た先をふり返れば男山の全景が眺められる。

まさに『蘆刈』の舞台そのものである。

大事なことを忘れるところだった。先の男山展望台に石碑がひとつ置かれていた。それは、なんと谷崎の『蘆刈』をたたえるものだった。

これも全くの予想外で驚いた。八幡市の市民の知的レベルは極めて高いと当方絶賛

蘆刈の文学碑

したい。

『蘆刈』は昭和七年（一九三二年）に発表されているのだが谷崎は、根津松子あてに手紙を送り、

「これは、女主人公の人柄に勿体なうございますが御寮人様のやうな御方を頭に入れて書いてゐるのでございます。」と伝えているという。また『蘆刈』執筆は結果までは考えずに書きはじめたのだが、末尾が突如としてひらめいたとも、別の文中では書いているようである。

ということで再び前章の『蘆刈』に戻すが、「わたし」は、桂川の周辺についてこんな説明をしている。

辿りついてみると、なるほど川のむこうに洲がある。その洲の川下の方の端はつい眼の前で終っているのが分るのであるが、川上の方は渺茫《びょうぼう》としたうすあかりの果てに没して何処までもつづいているように見える。ひょっとすると此の洲は大江《たいこう》の中に孤立している島ではなくてここで桂川が淀の本流に合している剣先なのではないか。なんにしても木津、宇治、加茂、桂の諸川が此のあたりで一つになり、山城、近江、河内、伊賀、丹波等、五箇国の水がここに集まっているのである。

前章、『蘆刈』の、桂川べりで出会った男は「わたし」に身の上話を始める。男は幼い時分、父親に連れられて、毎年必ず巨椋池の堤を歩かされたのだという。当方にとって馴染みの薄い巨椋堤とは琵琶湖から流れ出す宇治川のあふれ出た水を受け入れる巨大な遊水池だったのである。

いまかんがえるとそのとき歩かされた堤というのは巨椋堤《おぐらづつみ》なのでございまして池は巨椋の池だったのでございます、それゆえあのみちのりは片道一里半か二里はございましたでしょう。ですが、と、わたしは口をはさんでいった、なんのためにあんなところをあるいたのです、池水に月のうつるのをながめてあてもなしにぶらついたというわけなのですか。さればでございます、ときどき父はつつみのうえに立ちどまってじっと池のおもてをみつめて、坊よ、よいけしきであろうと申しますので子供ごころにもなるほどよいけしきだなあと思ってかんしんしながらついて参りますと、とある大家《たいけ》の別荘のような邸のまえを通りましたら琴や三味線や胡弓《こきゅう》のおとが奥ぶかい木々のあいだから洩れてまいるのでございました、

男の父親は、その邸の女主人「お遊さん」の愛人であったとわたしは教えこまれる。

父はその、お遊さんのぼうっとした、いわゆる「蘭たけた」ところに一と眼でこころをひかれたのでございまして父の趣味をあたまにおいてお遊さんの写真を見ま

すとなるほどこれなら父が好いたであろうということが分ってまいるのでございます。つまり一と口に申しますなら、古い泉蔵《いずくら》人形の顔をながめておりますときに浮かんでまいりますような、晴れやかでありながら古典のにおいのするかんじ、おくぶかい雲上の女房だとかお局だとかいうものをおもい出させるあれなのでございます。あの匂いが何処《どこ》かお遊さんの皃《かお》のなかに立ち迷っているのでございます。

大谷崎の面目躍如の作品だと思う。

谷崎は昭和七年（一九三二年）『蘆刈』を書きあげたあと、昭和十三年（一九三八年）「源氏物語」の現代語訳を完成させる。昭和十八年（一九四三年）『細雪』を発表しはじめたが政府の弾圧で紙面に載せられず、疎開をしながら、戦後『細雪』を発表する。この作品について、ある批評家は、「源氏物語」に比肩する作品と評したという。

Only the Lonely

記憶は定かではない。当方が小学校に入るかその前かの頃、先考（亡父・荷風の表現）に連れられ姉と一緒にボンネット型のバスに乗って先考の実家へ向かったことがあった。ところが、バスが途中でエンストしてしまい、暗くなってきた道をバスを降り、三人で歩きはじめた。バスがエンストしたのは一本松のそばで周囲に民家は少なく、そもそも柱にとめられた懐かしいもしもし型の固定電話ですら、「有力者」の家に何軒かひいてある程度であった時代であった。裸の街灯が多少あったのだろうが、周囲を照らすといったものではない。

道は林の中に入っていった。闇というものが身近にあった時代である。小さな子どもには全く知らない闇の中の道であった。それでも怖いというよりその先に現れてくるだろうものに対する好奇心のほうが強かった覚えがある。

かなり歩いた。一里ぐらいはあった。やっと民家の明かりがぽつぽつ見えてきて、その一軒の玄関を先考が開けた。裸電球ではあったが室内がとても明るく思えた。家の中には、まだ健在だった先考の父、兄、そしてあと何人かの笑顔があった。

当方の擬似『遠野物語』体験である。

同じ日ではないが、家の中に大きな囲炉裏があり、松の葉などがぱちぱち音を立ててはね、串刺しの岩魚がたくさん置かれていた。物の名前を覚えるのが今でも苦手なのだが、いろいろな山菜や茸、椎茸、しめじ、運がいいと松茸にお目にかかることもあった。よそからもらった雉を丸ごと持っていかないかと勧められたこともあった。柳田國男の『先祖の話』には、たしか先祖は、天の遠くへ行ってしまうのではなく、家や、敷地内などから子孫を見守っているというような記述があったように覚えている。

しかし、里は経済的には豊かではなかった。

前述のバスがエンストした道を戻り、大きな三叉路のところを右折し東の方向に進み、山地を下り切った先に平地があり、その先には太平洋があった。当方がもうすこし大きくなった頃には里の人々は高い現金収入を求め、原子力発電所がたくさん設置されていたその平地に職を求めに行っていたと記憶している。

だが、「3・11」が発生し、そのような環境はすべて潰えた。

あの時刻、遠く離れた当方の極小零細事業所でも大きな揺れを感じ、思わず建物外に出て状況を確認した。たまたまその日は、ある病院での連携の集まりが予定されていた。近くのバス停には今まで見たことのなかったほどの人々の長い行列ができていた。その先に暗い茜色の空が広がっていた。

当方が感じたのは、無力感だけであった。自分が育った地に対して一体何ができるのだろうと。

これから記することは、当方の想像であって、科学的根拠に裏打ちされたものではない。だがそもそも科学的根拠といっても地球の歴史からしたら、刹那に存在しているにすぎないひとつの生物である人間がすべてを把握できるわけがない。

おそらく先考の父祖の地で、岩魚なども育んだ水流は、日々太平洋沿いの平地に「低濃度汚染水」の源流となって流れ込んでいることだろう。そして「核のごみ」の存在。現在気象庁に在籍されておられる山本竜也氏は、ある新聞の取材に「たった百年前のことでも語り継ぐことができないのに、減衰に十万年もかかる高レベル放射性廃棄物の処分場を管理できるとは思えません」と語っておられる。

人間が維持、管理できるものではないということは当方も全く同意見である。

一度だけ父祖の墓参りに行ける機会があった。途中の道路は驚くほど整備されていた。路傍にはところどころに廃棄物を入れた黒く頑丈な袋が積み上げられていた。道路を昼の時間帯には、ひっきりなしにトラックなどが行き交っていた。

それから十年ほど経ち、パンデミックが小康状態に入ったと見られる時期、当方「自己責任」で、久しぶりに十四番小路の店の暖簾をくぐった。余計なことだが、「自己責任」という言葉を一番はじめに用いたのは、ある有力な女性政治家だったということを最近知った。

店は、以前と同じような繁盛ぶりで大将も当方を覚えてくれていた。

その日の店内には珍しく家族連れ、父母と高校から小学校くらいの子ども三人の客が当方の隣のカウンターに座っていた。その一家の年末の行事として連れてきたのだろう。とうちゃん大枚をはりこみはったんやね！　親が食べ方を教え、大将もいろいろうんちくを説明していた。

当方恥ずかしながら、この年、新しい小さな命を授かった。家族連れを時々横目で見ながら、あの有名な歌を思いおこした。

遊びをせんとや生まれけむ
戯れせんとや生まれけん
遊ぶ子どもの声聞けば
わが身さへこそ揺るがるれ

いつの日かお隣に同席した一家のように、新しい命も連れてこの店を訪れてみたいと思った。

当方、「旨味」なんて、きちんと説明できるほどの洗練された舌は備えていないのだが、この日のお品書きを大将に教えてもらった。お許しは得ていないのだが、お代をきちんと済ませたあとだから、まあいいことにしよう。

●雲子（たらの白子）　玉子あんかけ　あさつき
●ホッキ貝　酢みそ
●カラスミ　数の子粕漬・鯛みそ漬け・アブリ銀杏・鳴門金時・百合根・金山寺豆腐
●鯛　まぐろ中とろつくり
●カニ真丈椀　粟麩　うぐいす菜　柚子
●鯖寿し　ガリ
●鰆ハラみそ漬焼

●シャインマスカット湯波かけ　のり
●胡麻豆腐　大黒しめじ　ごまソースかけ
●揚海老芋　みそ粕汁仕立　セリ
●炊き込みごはん　漬物　みそ汁
●ジュース

どうだ、いいだろう。ははは。
大将の名前は、永田裕道という。

かなり立腹されたでしょう、あなた。ところがジンセイすべからくジェットコースターのようなもの。
次の日の夕刻、軽い気持ちで食事をしようと外に出て歩き出した。界隈は決して店の少ないほうではない。むしろその反対である。何回か入ったことのある店に、「一人なんだけど」と声をかけてみたら、「すみません、本日は満席で」とことわられ、じゃあ次の店は、と声をかけても、同じ返事が返ってきた。界隈の店ことごとく「席がありません」とことわられた。小雪が舞いはじめてきた。やっと事の重大さを理解しはじめた。

やっと一軒だけ、席を確保できた店があった。牛丼のチェーン店であった。客は、とみると一人だけ。縦縞の制服を着た配送の人。仕事中なのだろう。

あとは当方ひとり。

無性にフランク・シナトラのOnly the Lonelyを聴きたくなった。

追記

大将の店は当方が訪れた翌夏に閉じたと知らされた。あのお品書きは実は大将の手書きのものであった。いつまでも手もとに置いておくつもりである。

はてさて

ある体操の選手が引退するにあたり、最もこだわってきたことは何か、と問われ、「着地です」と答えたことは、まだ記憶に新しい。当方Sonny Stittの演奏にのって飛びだしたつもりだったが、どうにも着地点が見つからず、当方の怨霊が中空に漂ったままとなり、なんとも浮かばれない状態のままになっている（はたして、これは日本文として成立するのだろうか？）。

当方が物を書きはじめる契機となったのは3・11である。とてつもない無力感を抱いた。自分に何ができるのか、これからどう生きていけばよいのかわからなかった。器用とはかけ離れた当方ではあるが、せめて記録、自分の生きてきた軌跡だけは残しておきたいと考えた。それ以来十有余年、綴り方の練習、基礎学力の練成につとめた。むずかしいことをむずかしく書くことは容易《たやす》いことである。時が過ぎ、これからは無力感の怨念も多少おさまり、「明るい老後」について書ける心境になっているのではないだろうかと、自信と期待を持っていた。ところが、その後も当方の想像を絶するようなことが次から次におこった（具体的な事象については、あえて当方は挙げない。各自お考え願いたい）。

つくづく、反省をこめて実感したのは、人間というものは、ごく例外の人間というのは、いるかもしれないが、自分が体験したことに基づく痛みの記憶より以上の痛さは想像できない、ということである。

荷風は東京大空襲を端緒として、四回のB－29による空爆とP－51戦闘機などによる小型爆弾や機銃攻撃を経験している。荷風は四十代から老人ぶっていたが、疎開先でも、三菱銀行新宿支店、名義永井壮吉の通帳を入れたカバンを振り分け荷物にし、肩にかついで逃げまどっていた。哀れな老人の記録として「ほんとうに大変だったのだなあ」と軽い同情心を覚えながらもムカシのこととして当方は受けとめていた（だが、そのときの荷風の年齢を当方、すでに上回っている。情けないことである）。

ところが、つい最近、モバイルインターネットが常時接続されている社会での（舌をかみそう！）大規模戦争のＳＮＳ上での動画配信を目のあたりにして、活字で読んで理解したつもりだった自分が、その本質をどれだけ把握できていなかったかを思い知らされた。

前田哲男氏に教えてもらったことだが、有名なピカソの「ゲルニカ」という大傑作がある。スペインばかりでなく世界の宝である。だが、スペイン内戦下ナチスドイツがゲルニカに無差別爆撃を行ったのは一日限りのことであるとは全く知らなかった。だとしたら別の時間、別の地域で何日、何か月、何年にわたる爆撃が行われている状況の下では、我々は、一体いくつの「ゲルニカ」の絵を残さなければならないのだろうか。

記録が残っていればまだしも、ホロコーストが行われたりして、ある人間が生存して地上に存在した記憶すら断たれることが、いつでもどこでも起きうることである。記憶・記録を残すことは続けなければならない。

つけ加えるが、ある国の行動が許せないものであることは、そのとおりである。だから、といって国と国の関係を断ってはならない。世界中に共通する普遍的価値観は残念だけれど、ないからこそ、逆に相互理解の努力は続けなければいけない。

もひとつ書かせていただけるのなら、「衰弱・死」のことである。

当方の仕事柄、「死」は常に周囲に満ちている。死に遭遇する経験も決して少なくはない。時々「みとり症例数、数千件」など、品性を疑われることを自慢する輩もいるが、経験数の問題ではない。当方の業界の人間がそのほかの世界の方々からみて、理解しにくいだろうことのひとつは、ある死を見とって、それなのにすぐあとに会った方々に笑顔で「やあ、こんにちは」と、何事もなかったように返せることではないかと思う。

多くの死を経験しても、もちろん死と対峙する方々の行動は百人百様であるし、生から死へ移行するその瞬間というのは、いつになっても不思議で、うまく説明できるものではない。

ミステリー作家、ローレンス・ブロックの作品に『死者の長い列』（田口俊樹訳）というのがあった。そして当方も、その長い列に並んでいる。一寸先のことなどわからない。

この書を出版できたことは、当方にとって積年の胸のつかえが下りたことは違いない。だが胸のつかえすべてが解消したわけでは毛頭ない。

またこれからも、お伊勢参りから戻ってきた太郎兵衛さんが村の衆に話しかける思い出話のような内容のものを書きつづけたほうがよいのやら、思案に暮れている。

旅する町医者　まだまだ修学旅行，篇

2023年３月15日　初版第１刷発行

著　者　秋元 直人
発行者　瓜谷 綱延
発行所　株式会社文芸社
〒160-0022　東京都新宿区新宿1－10－1
電話　03-5369-3060（代表）
03-5369-2299（販売）

印刷所　株式会社フクイン

ISBN978-4-286-29010-2